KB171531

버그소년 우안태

배그소년 우안태

고정욱 장편소설

이지북
EZbook

차례

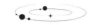

맞아도 안 다치는 놈

집에서 컴퓨터게임 중인 안태의 휴대폰이 울렸다. 베프 정식의 전화였다.

"뭐 하냐? 주말인데."

"집에서 게임해."

"야, 나와! 나 용돈 받았어."

"오, 그래?"

"응. 피시방 쏠게."

그렇지 않아도 따뜻한 봄바람이 불고 있어 안태의 마음이 싱숭생숭하던 차였다. 안태는 정식과의 전화를 끊자마자 바람막이 하나를 걸치고 집을 나섰고, 만나기로 한 피시방이 있는 신목시 번화가로 향했다.

신목시 번화가는 최근 새로 들어선 주상복합아파트 상

가들로 형성되어 있었다. 새로운 상가와 뒷골목이 결합해 주말이면 차 없는 도로가 되었고, 게다가 인스타그램에 맛집으로 소개된 곳도 몇 군데 있어 신목시뿐만 아니라 외부에서도 많은 사람이 찾아오는 장소였다. 고등학교 2학년인 안태는 주말이면 종종 이곳에서 친구들과 어울려 게임을 하거나 떡볶이를 사 먹곤 했다.

안태의 집에서 신목시 번화가까지는 버스로 서너 정거장밖에 안 되었다. 안태가 버스에서 내려 번화가로 들어서자 이곳저곳에 쓰레기봉투가 차고 넘치는 것이 보였다. 인도 군데군데에는 탕후루에서 흘러내린 것으로 보이는 설탕물 자국이 있어 운동화에 들러붙지 않도록 조심히 걸어야 했다. 탕후루 꼬챙이들이 마치 가시울타리처럼 여기저기 나뒹구는 것을 보다가 안태는 피시방 입구로 눈을 돌렸다. 피시방 바로 옆 인형 뽑기방에 인형 뽑기 기계에 몸을 붙인 채 게임에 전념하고 있는 정식이 보였다.

"야, 뭐 하냐?"

"왔어? 아…… 이거 하나 뽑아서 미연이 주려고 하는데 되게 안 되네. 벌써 오천 원째 꼬라박고 있어."

"야, 야. 각도 좀 잘 맞춰봐."

안태의 이런저런 코칭에도 수확은 없었다. 만 원을 다

털어 넣어도 정식은 작은 인형 하나 뽑을 수 없었다.

"야, 쓸데없는 거 그만하고 가자."

"에이⋯⋯. 다음엔 꼭 뽑아다 줘야지."

인형 뽑기 기계에서 눈을 못 떼며 아쉬워하는 정식이었지만 고집을 부리진 않았다. 안태도 정식도, 만 원이면 인형 하나를 사주고도 남는 돈이라고 생각하고 있었다.

"피시방에서 게임하자며."

"배고픈데 밥부터 먹자. 저기 분식집 새로 생겼는데 엄청 많이 준대."

"그래?"

안태와 정식은 분식점이 있는 뒷골목을 향해 걸었다. 가로수를 지나 마지막 코너에 접어들 때쯤, 안태의 휴대폰이 진동했다.

"민규인데?"

"민규? 왜 전화했지? 받아봐."

민규는 학교에서 존재감이 별로 없는 녀석이었다. 가끔 안태에게 전화를 걸거나 문자를 보내긴 했지만, 가깝지도 그렇다고 멀지도 않은 관계를 유지하고 있었다. 뚱한 표정으로 안태는 전화를 받았다.

"어, 무슨 일이야?"

"안태야, 나 지금 구목농고 새끼들한테 끌려가고 있어."

민규의 목소리는 다급했고, 겁에 질려 있었다.

"뭐?"

"아악!"

"야, 너 어디야?"

"신목교 다리 밑······으로 끌려······ 아악, 아아아악!"

넘어지는 건지 맞는 건지 둔탁한 소리와 함께 비명이 들린 후 전화가 끊어졌다.

"무슨 일이야?"

휴대폰에서 흘러나온 소리를 들은 민규가 눈이 동그래졌다. 안태는 달음박질하는 심장을 진정시키려는 듯 가슴 부근을 툭툭 치며 말했다.

"구목농고 애들이 민규를 패고 있대."

"뭐? 왜?"

"몰라. 위험한 것 같아. 빨리 가보자!"

열여덟. 앞뒤 재지 않는 나이였다. 안태와 정식은 물론, 주변 친구들 모두 어른이 다 된 듯 생각하고 행동했다. 그런 철없는 우월감으로 돌아다니다가 고3 선배한테 걸려든 게 분명했다. 그리 친하지 않은 민규였지만 그것과는 관계없이 화가 났다. 친구가 다른 학교 놈들한테 끌려간다는데

도와야 한다는 생각 말고는 아무 생각도 들지 않았다. 평소 같았으면 이렇게 달려가는 동안 주변 풍경들이 수채화처럼 휙휙 흘러가는 것을 느꼈을 텐데, 오늘은 그럴 겨를도 없었다. 안태와 정식은 앞만 보며 열심히 달렸다.

다행히 생각보다 빨리 신목교에 도착했다. 안태와 정식은 숨을 헐떡이며 다리 아래로 향하는 계단을 구르듯 내려갔다.

신목시에는 신목교와 우주교, 평행교 이렇게 세 개의 다리가 있었고, 신목과 구목으로 도심지가 나뉘어 있었다. 구도심인 구목과 새로 형성된 도시인 신목. 안태와 정식이 다니는 신목고는 신목 신시가지 언덕배기에 지어진 학교였다. 옛날엔 약간 외곽에 위치한 학교였는데, 도시가 팽창하며 오히려 중심지 학교가 되었다. 구목에 있는 고등학교 중에는 구목농업고등학교가 아이들이 드센 것으로 유명했다. 가끔 신목고와 구목농고 학생들이 패싸움했다는 소식이 들려오곤 했지만, 안태도 얘기만 들었지 실제로 싸우는 장면을 보거나 한 건 아니었다. 소문만 무성한 이야기를 눈으로 확인하러 온 만큼 긴장됐지만, 웬만한 주먹질은 자신 있는 안태였다.

신목교는 가장 외곽에 있는 다리여서 인적이 드물었다.

평행교와 우주교는 도로가 넓고 구목과 신목을 가장 빠르게 연결하는 길이라 사람들이 많이 다녔지만, 신목교는 상대적으로 오가는 사람이 적어 조용했다. 안태는 긴장하는 정식과 함께 다리 아래를 살폈다.

"어디냐?"

"민규야, 민규야!"

안태와 정식은 민규를 찾아 좌우를 훑어보았다. 엊그제 내린 비로 강물이 불어난 신목천이 위태롭게 넘실대고 있었다. 평상시 같으면 징검다리로 충분히 건너갈 수 있는 곳이었지만 오늘은 위험해 보였다. 그저 어둠 속에서 민규만 애타게 불렀다.

그때였다. 신목교 위에서 검은 그림자들이 우르르 몰려 내려왔다.

"어?"

정식과 안태는 본능적으로 서로 등을 맞대고 자신들을 감싸는 아이들을 바라보았다. 낯익은 얼굴들이었다.

"너희는…… 세븐틴?"

열일곱 명이 몰려다녀 이름 붙은 세븐틴은 신목고의 일진 클럽이었다. 그들이 안태와 정식을 둘러싸며 묘한 웃음을 지었고, 곧이어 진열이 얼굴을 드러냈다. 그는 세븐틴의 우두머리였다.

"우안태, 민규한테 낚였구나?"

"민규 어디 있어? 너희 왜 이러는 거야?"

"민규 자식은 보냈다."

안태는 두려움에 사로잡혔다. 전학오자자마 진열의 무리에게 붙잡혀 맞은 적이 한 번 있었다. 그런데 이번에 또다시 그들의 타깃이 되었다는 느낌이 강하게 들었다. 등골이 오싹했다.

"민규 여기 없어? 근데 우리한테 왜 이러는 거야?"

"너 오늘 좀 맞아야겠다."

"뭐? 왜?"

"그냥. 맞는 데 이유가 있냐?"

진열이 말을 다 마치기도 전에 무리 중 맨 앞에 있는 한 녀석이 안태에게 다가와 주먹을 휘둘렀다. 안태는 반사신경으로 고개를 숙여 주먹을 피했다. 하지만 정식은 그러지 못했다. 안태의 등 뒤에서 비명과 동시에 둔탁하게 맞는 소리가 들렸다. 순식간에 안태에게도 손발이 날아왔고, 안태는 본능적으로 그것들을 막으며 발길질했다. 하지만 숫자가 너무 많았다. 막을 수도, 도망갈 길도 없어 차라리 강물로 뛰어드는 편이 낫겠다고 생각했지만 안태가 강물에 발을 담그자마자 녀석들이 득달같이 달려와 옷깃을 잡아 끌어냈다.

"이게 어딜 튀려고!"

안태는 쏟아지는 발길질에 온몸을 두들겨 맞으면서도 머리를 단단히 감싸쥐었다. 이미 코피가 흘러내리고 있었고, 거친 발길이 닿는 곳마다 불꽃이 튀는 고통이 느껴졌다. 그렇게 한참 발길질 세례가 이어진 뒤에야 진열이 제지했다.

"야, 야. 잠깐만."

안태는 간신히 고개를 들며 입을 열었다.

"왜, 왜 이래?"

진열이 안태 가까이에 쭈그리고 앉았다.

"왜 이러냐고? 너 맞아도 안 다치는 놈이라며! 어디 오늘 한번 제대로 맞아봐."

진열은 몸을 일으키더니 안태의 배를 사정없이 걷어찼다. 순간 안태는 창자가 끊어지는 것 같은 고통이 들어 자기도 모르게 비명을 질렀다.

"잘 찍어!"

"찍고 있어."

그 소리에 안태가 겨우 고개를 돌려 주위를 봤다. 한 녀석이 안태를 향해 휴대폰을 들고 있었다.

"야, 조회수 죽여! 지금 벌써 오백 명이 시청하고 있어."

그 순간 안태는 알아챘다. 자신이 맞고 있는 장면을 녀석들은 인스타그램 라이브로 촬영하고 있었다. 자기도 모르게 벌떡 일어난 안태가 옆에 있는 보도블록 조각을 집어 들었다. 그러고는 곧바로 진열을 향해 휘둘렀다. 하지만 근처의 다른 녀석들이 조금 더 빨랐다.

"어쭈, 이게!"

한 녀석이 안태의 팔목을 쥐더니 확 비틀어버렸다.

"으으으윽!"

안태는 보도블록을 손에서 놓쳤고, 다시 한번 몰매가 이어졌다. 아까보다 더 센 주먹과 발길질이 난무했다. 마치 축구공을 차듯이 녀석들은 안태를 굴리고 짓밟았다. 정식은 이미 저만치에 나뒹굴어 기절한 것 같았지만 다가가볼 수도 없었다. 할 수 있는 거라곤 본능적으로 몸을 보호하는 것뿐이었다.

"이 새끼 정말 괴물인가?"

"진짜 맷집 좋은데? 더 조져봐!"

마침내 흉기까지 등장했다. 여기저기서 몽둥이가 날아와 안태의 몸을 두들겼다. 안태는 마치 뜨거운 인둣불이 몸을 지지는 것 같았다. 버티고 버티던 안태는 결국 진열의 날아 차기 한 방에 강물로 빠지고 말았다. 온몸에 찬물이 스며들자 상처 곳곳에서 말 못 할 고통이 찾아들었다. 그러나 고통은 그게 끝이 아니었다. 몇 녀석이 달려들어 안태의 뒷머리를 붙잡고 물에 처박았다. 물고문이었다. 눈 코 입으로 썩은 강물이 가차없이 들어왔다. 비명을 지르려 해도 물속에선 소리가 나지 않았을뿐더러 입과 코로 더 많은 물이 들어와 고통이 극에 달했다. 이윽고 눈앞에 환상이 보였다. 이곳과는 다른 머나먼 세상으로 갈 수 있는 큰 구멍이 앞에 있는 것 같은 환상이었다. 안태가 거의 질식할 지경에 이르렀을 때 진열이 명령을 내렸다.

"끌어내! 그러다 저 새끼 죽을라."

진열의 말에 안태를 잡고 움직이던 녀석들이 킥킥대며 말했다.

"야, 물에 빠지는 장면 멋있게 찍혔어!"

진열이 비웃으며 안태를 향해 마지막 말을 뱉었다.

"너 재수 없으니까 앞으로 내 눈에 띄지 마. 알았어?"

진열과 세븐틴 무리의 발걸음이 멀어지는 소리가 들렸다. 안태는 실눈 사이로 보도블록 바닥에 흐르는 피 너머의 그들을 쳐다볼 뿐이었다. 그 와중에 쓰러져 있는 정식이 걱정됐다. 고통을 쥐어짜며 정식을 향해 외쳤다.

"저, 정식아! 괘, 괘, 괜찮아?"

상처와 의문들

　안태가 눈을 뜬 곳은 병원이었다. 온통 환한 조명이 눈부시게 병실을 비추고 있었다.

　"어어……."

　안태가 침대에서 몸을 일으키려 하자 간호사들이 제지했다.

　"학생, 학생 가만히 있어요. 여기 병원이에요."

　"제 친구는요?"

　정식의 걱정부터 드는 안태였다.

　"저쪽에 있어요."

　정식은 온몸에 붕대를 감고 있었다. 퉁퉁 부은 얼굴과 병에서 링거액이 떨어지는 속도가 정식이 얼마나 위중한 상태인지를 말해주는 것 같았다. 정식의 옆에는 그의 부모님이 눈물을 흘리며 원통해하고 있었다.

"아이고, 정식아! 어떤 몹쓸 놈들이 이랬니."

간호사가 다가와 안태에게 물었다.

"학생, 이름이 뭐예요?"

"우안태요."

"몇 살이에요?"

"고2, 열여덟이요."

"그래, 다행이다. 학생도 많이 맞았어요. 타박상이 심해요. 그래도 골절은 없네요."

부모님 전화번호를 묻는 간호사에게 안태는 할아버지의 전화번호를 알려주었다. 늘 술에 취해 있는 할아버지가 전화를 받을지 알 수 없었지만, 안태에게 보호자는 할아버지와 할머니였다.

안태는 온몸이 쑤시고 욱신거렸다. 얼굴이 부어오른 게 느껴졌다. 표정을 짓거나 말을 하는 것조차 힘들었다. 그럴 때마다 얼굴근육이 비명을 지르는 것 같았다. 하지만 엑스레이 결과 뼈는 멀쩡하다고 했다. 다행이라는 생각을 하자마자 자신을 두들겨 팬 진열과 그 무리가 떠올랐다.

진열은 학교 유도부였다. 다부진 체격은 말할 것도 없고 가끔 전국 대회에 나가서 상도 받는 힘센 녀석이었다.

"쟤네 집 엄청 부자야."

처음 신목고로 전학 왔을 때 짝꿍이 말해주었다.

"얼마나 부자길래?"

"돈으로 선생님들 다 구워삶았을 정도?"

"뭐?"

"쟤네 아버지가 학교에 왔다 가면 선생님들이 다 난리야. 그래서 다들 쟤한테 꼼짝 못 해. 엮여봤자 엮이는 애들만 불리하니까."

안태는 그런 말을 신경 쓰지 않았다. 그저 이곳 신목시에서 잘 적응해 조용히 지낼 수 있길 바랐다. 강원도 소도시에서 이곳으로 황급히 떠나온 사연은 안태도 잘 알지 못했다. 안태는 어느 학교를 다니든 상관없다고 생각했다. 공부에 마음도 없어 빨리 시간이 흘러 학교를 벗어나고 싶을 뿐이었다.

이사 와 처음 자리 잡은 신목시 변두리의 반지하 빌라도 지긋지긋했다. 곰팡이 핀 벽지를 보며 안태는 할머니에게 말했다.

"삼촌은 어떡해? 계단 있는데."

할머니가 장독대를 나르며 대답했다.

"걱정하지 마. 삼촌은 여기 안 살아."

"왜?"

"삼촌은 가게에서 살기로 했어."

할머니는 전에 살던 집에서 가져온 서랍이나 개다리소반 같은 가구들을 부지런히 정리하고 있었다. 밖에 내놓아도 아무도 안 가져갈 살림이었다.

"가게? 또 하려고?"

"그래. 먹고살려면 그것밖에 할 게 더 있냐?"

안태네 식구는 넷이었다. 할아버지, 할머니 그리고 삼촌과 안태. 할아버지는 옛날에 뱀을 잡아 파는 땅꾼이었다. 네모난 상자에 뱀을 담아 팔러 다니다 나이가 들어 힘이 떨어지자 할아버지는 건강원을 차렸다. 그래서 안태는 초등학교를 다니는 내내 별명이 뱀, 아니면 개소주나 흑염소 같은 것이었다.

가장 허름한 가게 하나를 얻어서 차린 건강원에는 안태의 할아버지가 직접 담근 술이 담긴 유리병이 잔뜩 전시되어 있었다. 술도 술이지만, 사실 살아 있는 뱀을 끓여 만든 탕이 안태네 생계 수단이었다. 불법이었지만 정력에 좋다며 사람들은 가게로 와서 몰래몰래 뱀탕을 주문했다. 간혹 개소주 주문도 들어왔다. 개고기와 밤·생강·대추·생강과 같은 한약재를 넣고 고아낸 원액을 소주라고는 했지만 술은 아니었다. 소주를 내리듯 증류했기 때문에 그렇게 불렸다. 개소주를 만병통치약이라 하는 사람도 있었지만 의학적 근거는 없어 보였다.

사실 안태는 그런 것에 관심이 없었다. 자신에게 달라붙는 별명이 괴로웠을 뿐이다. 갑작스레 그곳을 떠나야 했지만 안태는 내심 별명에서 벗어날 수 있어 다행이라 생각했다. 새로운 곳에서 친구도 제대로 사귈 수 있을 거란 희망도 가졌다. 하지만 배운 것이 도둑질이라고 이곳에서 또 건강원을 차린다는 할머니가 야속했다.

그러던 어느 날, 학교를 마치고 집으로 가는 길이었다. 누군가 건강원을 들쑤시고 있었다. 단속을 나온 구청 직원이었다.

"이거 위생 관리가 제대로 안 되고 있잖아요. 어쩔 수 없어요. 영업정지 칠 일입니다."

"아이고, 봐주세요. 우리는 뭐로 먹고삽니까. 아이고!"

할머니는 단속 공무원에게 사정했지만 소용없었다. 빈손인 채 말뿐인 사정을 들어줄 리 없다는 사실을 안태의 할머니는 모르고 있었다.

그런 날이면 할아버지는 슈퍼마켓으로 달려가 막걸리

한 통을 사서 병나발을 불었다. 개소주를 달이는 역한 냄새를 참기 위해 버릇처럼 술을 마시던 할아버지는 어느새 알코올중독자가 되어 있었다. 늘 핑곗거리를 찾아 체내에 일정한 양의 알코올 농도를 유지했다.

안태의 삼촌은 장애인이었다. 근육이 서서히 쇠퇴하다 이르게 죽는다는 근육병, 근이영양증에 걸려 늘 휠체어에 앉아 있었다. 다행히 삼촌은 논리적이고 좋은 두뇌를 가지고 있었고, 건강원을 실질적으로 운영하는 건 삼촌의 경영능력 덕이었다. 곧, 집안의 생계를 책임지는 중요한 역할을 삼촌이 가진 것이었다.

안태의 가족은 원래 다섯이었다. 어렸을 때 집을 나간 안태의 누나가 있었다. 안태보다 여섯 살이 많은 누나는 중학생이 되자마자 집을 나가버렸다. 안태와 같은 별명을 먼저 듣고 자란 누나였다. 뱀탕집 딸이라는 꼬리표가 지긋지긋했을 것이다. 누군가는 누나가 미쳐서 집을 뛰쳐나갔다고 하기도 했다.

안태는 자라는 내내 의문을 가지고 있었다. 사진도, 실제 얼굴도 이 집 식구들 가운데 닮은 사람이 하나도 없었다. 엇비슷한 구석도 찾으려야 찾을 수 없었다.

'우리가 정말 한 식구가 맞나?'

그런 생각을 한 게 하루 이틀이 아니었다.

건강원에 있을 가족들을 떠올리며 자주 하는 그 생각을 또다시 꺼냈을 때였다. 병실 문이 열리더니 휠체어를 탄 삼촌이 들어왔다.

"어? 삼촌."

"안태야, 많이 아프냐?"

낡은 전동 휠체어를 탄 삼촌은 간신히 손가락을 움직이며 안태의 침대 쪽으로 다가왔다. 같이 지내지 않고 건강원에 딸린 방에서 생활하고 있는 삼촌이라 안태는 더 반갑게 느껴졌다. 삼촌이 문병을 올 줄은 전혀 생각하지 못하고 있어서 더 그랬을지도 모르겠다.

"괜찮아요, 삼촌."

"어떤 놈이 이렇게 만든 거냐."

"괜찮다니까."

삼촌은 휠체어에 매달고 온 비닐봉지를 주섬주섬 열어 비타민 음료를 꺼냈다. 힘겹게 꺼낸 그것을 침대 옆 협탁에 올려두고 안태의 머리를 몇 번 쓰다듬더니, 안타까운 눈빛을 한 채 금방 가봐야 한다고 했다. 건강원에 자리를 오래 비울 수 없어서일 것이다.

날이 어두워지고서야 할머니가 병실을 찾았다.

"아이고, 우리 귀한 손자를⋯⋯."

할머니는 말도 다 잇지 못하고 눈물만 흘렸다. 안태는 이렇게 두들겨 맞아서 가족들의 걱정만 끼치고 있는 자신이 너무 못마땅했다. 하지만 정식을 생각하면 그런 생각도 사치였다. 정식은 가족들이 와서 울며 깨워도 정신을 차리지 못했다. 의식은 있었지만 통 기운을 차리지 못하고 있었다. 맞은 걸로 따지자면 정식보다 대여섯 배는 더 맞은 안태였다. 자신이 멀쩡한 게 이상한 건지, 얼마 맞지 않은 정식이 약골인 건지 안태는 알 수 없었다. 그런 의문도 잠시, 간호사가 놓아준 수면제 성분의 주사에 안태는 까무룩 잠이 들었다.

편파적인 학폭위

사건이 벌어진 지 이 주가 지났다. 세븐틴의 집단 폭행은 SNS 라이브 방송으로 인해 여과없이 불특정 다수에게 공개되었고, 방송이 종료된 후에도 동영상은 이곳저곳에 유포되었다. 그 바람에 학교에서는 제법 큰 문제가 되었다.

안태는 오전 열시에 열리는 학교폭력대책심의위원회, 이른바 학폭위에 참석하기 위해 교실을 나섰다. 학폭위가 열리는 교장실로 향하며 계단을 내려오던 안태는 창문 너머로 학교 운동장에 진입하는 고급 승용차 서너 대를 보았다. 교무실에서 나온 그의 담임선생님이 안태에게 다가와 등을 두드려주었다.

"안태야, 너는 있는 그대로 이야기해. 절대 기죽지 말고."

전교생에게는 안태가 세븐틴 무리에 두들겨 맞았다는 사실이 큰 이슈였고, 선생님들에겐 폭행 장면이 라이브 방송으로 송출된 것이 심각한 문제였다. 학교폭력은 물론 사이버폭력에도 해당되는 일이었다. 중계 자체가 폭행의 직접적 증거가 되는 데다 가해자가 무려 열일곱이었다. 학폭 담당 교사는 이 사태의 심각성을 가장 잘 알고 있었다.

"폭력도 폭력이지만 영상 유포까지 되는 이런 사건은 죄질이 더 나빠요."

라이브 방송은 처음엔 여과없이 송출되다 나중에는 지나친 폭력성으로 인해 방송이 중지됐다. 하지만 처음엔 몇백 명에서 나중엔 천 명도 넘는 사람들이 폭행 영상을 보는 데서 끝나지 않고 다운받거나 캡처해 퍼뜨렸다. 안태가 무차별적으로 맞는 모습이 전국으로 일파만파 퍼져나간 것이다. 때문에 안태가 거리를 돌아다닐 때면 적지 않은 사람들이 쳐다보며 수군댔다. 피해자가 견뎌야 하는 시선도 이주 전 못지않게 폭력적이었다.

학폭위에 참석하기 위해 학교를 찾은 안태의 할머니도 피해자 측의 모습 같진 않았다. 교무실 안쪽에서 오들오들 떨고 있는 할머니를 보자 안태는 가해자가 느껴야 할 두려움을 왜 피해자인 자신과 할머니가 겪고 있는지 모르겠다고 생각했다.

"할머니!"

할머니를 부르자 안태는 울컥하는 마음이 들었다. 할머니 바로 옆에는 정식의 부모님도 있었다. 정식의 아버지는 분을 참을 수 없는 표정이었다.

"자, 들어오시지요."

학폭위 위원장인 교장선생님이 직접 교장실 문을 열고 그들을 맞았다. 교장실에는 이미 가해자 측 사람들이 와 있었다. 진열의 아버지와 어머니 그리고 변호사까지. 이미 기세만으로 안태는 풀이 죽은 듯했다. 안태의 할머니와 정식의 부모님도 굳은 얼굴로 자리에 앉았다. 테이블에 커피가 놓였지만 마시는 사람은 아무도 없었다. 교장선생님이 먼저 입을 열었다.

"우리 학교에서 이렇게 불미스러운 일이 벌어졌다는 사실이 대단히 안타깝습니다. 교장으로서 무한한 책임을 느끼는 바입니다. 이번 일은 십대 학생들 사이에서 벌어진 우발적 사건입니다. 청소년의 경우 스스로를 잘 통제하지 못하고 감정 조절 능력도 미숙해 우발적으로 위험한 상황을 벌이는 경우가 있습니다. 그래서 가해 학생에게 무조건 형사처분을 내려 다스리기보다는 그 학생을 교육하고 관리

하는 학교에서 책임을 지고자 합니다. 학폭 사안에 대한 조사, 피해 학생 보호, 재발 방지를 강구하고자 이렇게 모인 것입니다.”

교묘하고 복잡한 이야기라고 안태는 느꼈다. 한참을 원론적인 이야기를 잇던 교장선생님이 말을 마치자 진열이 대동한 변호사가 자리에서 일어나 입을 열었다.

“네, 교장선생님 말씀 잘 들었습니다. 그간 저희 법무법인 유니버스가 조사한 결과 한 징계처분 등을 적용하도록 하고 있습니다. 처분의 근거가 되는 법률은 학교폭력예방법입니다. 학폭은 학교 내에서 발생하는 폭력 사건은 물론, 학교 밖에서 학생을 대상으로 한 모든 폭력 행위도 포함합니다. 물리적으로 폭력을 행사하는 것만 학폭은 아닙니다. 심리적으로 피해 학생을 극한의 상황으로 몰아넣는 따돌림, 왕따 등도 학폭으로 인정됩니다. 이 경우 방송이 된 것도 문제인데 그것은 일단 촬영한 친구가 자발적으로 찍은 것이기에 진열 군의 직접적 책임은 없는 것으로 사료됩니다. 학교폭력대책심의위원회는 학교폭력예방법 제17조에서 규정하고 있는 여러 조치 가운데 폭력 행위의 수위, 피해 학생 측의 고통 정도 등을 따져 적절한 처분을 내리게 됩니다. 자칫 피해 학생 측 진술에만 집중하여 사안에 비해

과도한 조처를 내리는 경우가 있어서는 안 될 것입니다."

안태는 기가 막혔다. 변호사의 말인즉슨 진열이 과도한 처벌을 받으면 가만있지 않겠다는 뜻이었다. 사과 한마디 없이 이런 말부터 들어야 하는 자신의 처지가 우스웠다. 가해자를 감싸고도는 이야기와 분위기를 견디는 게 지금 안태에겐 가장 힘든 일이었다. 변호사는 아랑곳하지 않은 채 진열이 정신과에서 치료받고 있다는 점을 강조했다.

"현재 진열 군은 심신이 미약한 상태입니다. 지난번 소년체전에 출전했을 때 입상하지 못한 결과로 인해 좌절감과 자책감을 느껴 여전히 심리적 불안 상태에 놓여 있습니다. 그런 상태에서, 진열 군의 말에 의하면 우안태 군이 자신을 멸시하는 듯한 눈빛으로 쳐다봤고, 그 눈빛을 견딜 수 없어 우발적인 폭행을 저질렀다고 합니다. 어디까지나 본인의 의지에 의한 것이 아니라 심신 미약에 의한 것이므로……."

변호사의 말이 이어지는 동안 안태는 주먹이 불끈 쥐어졌다. 안태의 할머니는 도통 무슨 말인지 알 수 없다는 듯이 고개만 숙이고 있었다. 참석한 학교 관계자와 경찰 측 모두 변호사의 말에 동의하는 듯했다. 안태가 우발적으로 당한 일인 만큼 적당한 선에서 합의하고 진열을 용서하라는 분위기였다. 마치 짜맞춘 것처럼 대화가 오갔다. 피해를 당한 안태나 정식의 이야기는 한마디도 듣지 않은 채로 말이다.

"네, 우리 학생들 사이에서 벌어진 일이기 때문에 적절한 교육과 함께 화해가 이루어지면 좋겠습니다. 이런 방향으로 부모님들이 합의를 해주시면 좋을 것 같고요. 이런 사건을 길게 끌어봐야 학생들 모두에게 좋지 않습니다. 다시 한번 교육자로서 저의 책임을 통감하는 바입니다."

교장선생님의 말이 이어질 때 안태는 부들부들 떨고 있는 정식 아버지의 얼굴을 바라보았다. 정식의 아버지는 이를 꽉 깨물고 있었다. 입을 열면 욕지거리가 터져나올 것 같은 표정이었다. 마침 발언권이 그에게 주어졌다.

"자, 그럼 먼저 강정식 군 아버님부터 말씀하시죠."

정식의 아버지는 기다렸다는 듯 비장하게 입을 열었다.

"예. 우리 아이가 맞은 것은 참으로 속상한 일이지만, 진열이가 그렇게 정신이 불안한 상태였다고 하니 같은 자식 키우는 입장에서 이해를 못 할 것도 아닙니다. 아직 어린 학생들인 만큼 한 번의 실수라고 생각하고 저희는 용서하도록 하겠습니다."

충격이었다. 정신이 겨우 돌아온 정식은 아직 거동이 불편해 학교에 나오지도 못하고 물리치료를 다니는 상태였다. 그런 정식의 아버지가 저런 말을 하다니, 안태는 귀를 의심할 수밖에 없었다. 회복도 되지 않은 자식을 매일 보며 고통받는 것이 뻔한데, 어떻게 부모로서 화 한번 내지 않고 용서를 말할 수 있단 말인가.

"네, 좋습니다. 그럼 우리 안태 할머니도 한 말씀 하시죠."

할머니는 쭈뼛거리며 일어서더니 또 고개를 조아렸다.

"죄송합니다. 우리 아이가……. 죄송합니다. 그저 교장 선생님이 하라시는 대로 화해시키고 용서해주겠습니다. 저는 안태가 여기서 잘 적응해 대학 가기만을 바랄 뿐입니다. 조용히 해결해주세요."

누가 가해자고 누가 피해자인지 알 수 없는 상황이었다. 안태는 이가 갈렸다. 몸이 부르르 떨렸지만 어른들 앞에서 폭발할 수는 없는 노릇이었다. 경찰까지 와 있었다.

"여기 합의서가 있습니다."

일사천리였다. 눈 깜짝할 사이에 안태의 할머니 앞에 합의서가 놓였다. 안태는 그것을 쳐다도 보지 않았다. 이대로 넘어갈 수는 없었다.

"저, 저기요."

안태가 조심스레 말을 꺼내며 손을 번쩍 들었다. 그러자 분주하던 분위기가 일순간에 조용해졌다.

"저는 아직도 왜 진열이에게 맞아야 했는지 모르겠습니다. 진열이는 제가 이 학교로 전학을 왔을 때부터 미워했어요. 아무 짓도 하지 않은 제 기를 죽이려고 했죠. 하지만 저는 새로운 학교에서 문제를 일으키지 않으려고 참았어요. 전학 오자마자 쟤네 패거리가 절 으슥한 곳으로 끌고 가 때렸어도 참았다고요."

안태가 떨리지만 분명한 말투로 말을 마치자 교장선생님은 몹시 당황했다.

"그, 그런 일이 있었으면 빨리 말했어야지, 학교에."

"할머니 할아버지가 걱정하실까 봐 저 혼자 참고 넘어갔어요. 그런데 이번엔 더 심하게 때린 거고요. 그때 제가 맞아도 상처가 안 났다면서 그게 못마땅하다며 때린 거예요."

드디어 진열이 입을 열었다. 물론 그 입에서 나온 건 거짓말뿐이었다.

"그런 말 한 적 없어요. 오히려 안태가 저를 조폭 같다고 욕하고 다녔어요. 제가 일진이라고 말도 안 되는 험담을 해서 화가 나서 그만……."

진열은 아주 온순한 태도로 말했다. 안태로 인해서 우발적으로 발생한 일인 데다 어쩌다 일이 커졌다는 것이었다. 그 자리에 있는 사람 모두 진열의 말을 진정성 있다고 여기는 것 같았다. 어떻게든 이 사건을 축소시키려는 분위기가 이어졌다. 결정적 계기는 정식의 아버지였다.

"제가 먼저 합의하겠습니다. 어서 가서 가게 봐야 합니다."

정식의 아버지는 앞에 놓인 합의서에 바로 사인을 휘갈겼다. 그것을 본 안태의 할머니도 따라서 이름을 적었다. 안태의 목소리는 그렇게 묻혔다. 정신없는 와중에 '서류상 합의' '매듭' '화해' 같은 단어가 변호사의 목소리를 타고 지나갔다.

"그럼, 두 학생의 치료비는 저희 진열 군 부모님이 책임지고 배상하도록 하겠습니다. 그리고 여기 약간의 위로금을 준비해 왔습니다."

안태와 정식 쪽 테이블 위에 봉투가 하나씩 놓였다.

"자, 이제 이 문제는 더 이상 문제 삼지 않고, 교장선생님 재량하에 학생들을 잘 훈화해주시길 바랍니다."

말도 안 되는, 이토록 편파적인 학폭위가 마무리되는 순간이었다. 하지만 안태의 생각과 마음은 정리되지 않았다.

어떻게 해야 할지 알 수가 없었다. 가슴께에 끓어오르는 용암을 짓누르느라 답답하고 아프기까지 했다. 이를 바득바득 갈며 화를 억누르느라 현기증이 다 났다. 그사이 사람들은 모두 교장실을 빠져나갔다. 교장선생님이 다가와 안태의 등을 두들겼다.

"안태야, 잘 쉬고 몸에 좋은 것도 먹어라. 할머니, 이거 가지고 조심히 들어가십쇼."

할머니는 손에 봉투를 쥔 채 또 연신 고개를 조아렸다. 그런 할머니를 보는 것도 힘들었다. 그렇다고 그 앞에서 분노를 내보일 수는 없었다. 할머니를 부축해 학교 중앙 현관까지 나오는 길이 천 리처럼 길었다.

"할머니, 들어가."

"안태야, 학교생활 잘해라. 제발 싸우지 말고 성질도 부리지 말고. 그냥 조용히 지내, 제발……."

할머니는 주름진 손으로 하얗게 센 파마머리를 쓸어 넘기며 운동장을 가로질러 비척비척 걸어갔다. 그 옆으로 검은색 고급 승용차들이 흙먼지를 날리며 교문을 빠져나가는 것이 보였다.

안태가 교실로 돌아오자 담임선생님은 조용히 상담실로 불러냈다.

"안태야, 이렇게 덮는 게 차라리 낫다. 저런 사람들하고 싸워봐야 얻을 게 없어. 잘못하면 네가 가해자로 몰릴 수도 있고. 그럼 얼마나 억울하냐."

"네? 제가 가해자로요?"

"그래. 진열이 아버지, 무슨 짓이든 할 수 있는 사람이야. 네가 참아라. 어차피 일 년만 더 참으면 볼 일 없을 거 아니냐, 졸업할 테니까."

선생님도 비겁했다. 피해를 입었지만 참는 것밖에 방법이 없다는 말을 이렇게 강요하듯 하는 건 잘못된 일이었다. 안태의 울분은 가시기는커녕 다시 요동쳤다.

"정식이는요?"

"걔도 곧 몸이 나을 거잖아. 진열이도 다시는 이런 짓 하지 않을 거다."

믿지 않았고 믿을 수도 없었다. 안태와 정식에게 그러지 않을 순 있겠지만 비슷한 상황은 또 생길 게 분명했다. 누군가를 때리고 피해 입은 사람만 괴로워할 일이 신목 시내에서 또다시 벌어질 것이다.

안태의 상처는 두들겨 맞은 것만이 다가 아니었다. 전국에 치욕스러운 장면이 퍼져 많은 사람의 뇌리에 박혔다는 사실이 고통스러웠다. 사람들은 너무도 가볍게 이야기하곤 했다.

"야, 안태랑 정식이 진열이한테 개기다 개털렸대."

"하도 처맞아서 흰색 티가 피로 물들어 빨간색이 됐대."

"주먹이 얼마나 셌으면 한 명은 오줌 싸면서 기절했다던데?"

사실과 사실에 덧붙은 거짓된 말들이 쉽게도 뱉어지고 있었다. 동영상이 신고되어 경찰에 의해 삭제되고 있었지만, 어디선가 쉽게 내뱉은 말들과 함께 영원히 돌아다닐 것이었다.

그날 하굣길에 민규가 안태에게 다가왔다. 민규는 어쩔 줄 몰라 하는 표정으로 두세 번 망설이다 입을 열었다.

"안태야, 미안해……. 내가 빚이 있었어. 폰으로 도박하다가 진열이한테 빌린 오십만 원…… 그거 갚게 해준다고 해서…… 너 불러내면 갚는 걸로 치겠다고 해서……. 그래서 내가 너한테 그렇게 한 거야. 미안해, 진짜. 분 풀릴 때까지 나 때려."

진열이 사람 약점을 잡아 이용했다는 말이었다. 민규가 원망스럽지 않은 건 아니었지만, 같은 피해자라는 생각도 들었다.

"됐어. 때리긴 무슨."

"나 용서해주는 거야?"

"그래, 너 빚 갚았다니까 됐다."

"미안해. 정말 미안해."

민규가 눈물을 글썽였다.

"가자."

어쩐지 초월한 것 같은 안태의 표정을 보자 민규는 마음이 이상한지 무슨 말이라도 해야 하는 사람처럼 계속 떠들었다.

"너 전학 온 날 세븐틴한테 신고식 당한 거 봤어."

학폭위 장면이 떠올라 안태의 감정이 다시 흔들렸다. 민규가 눈치를 보더니 말을 이었다.

"너 그렇게 다구리 당하고도 멀쩡해서 애들이 뭐라고 부르는지 알아?"

"나를? 뭐라고?"

"루피라고 불렀어."

일본 만화 『원피스』의 주인공 고무인간 루피를 말하는 것이었다. 이미 친구들 사이에서 조금은 특이하게 알려져 있던 사실을 안태는 여태 모르고 있었다. 그것이 원인이 되어 이 지경의 일도 벌어진 거니, 안태는 맞아도 멀쩡한 자신의 탓인가 싶은 생각마저 들었다.

"너 정말 잘 안 다치냐?"

전에 살던 도시에서도 가끔 듣던 질문이었다.

"나도 인간인데 다치지 왜 안 다쳐."

"그렇지? 어쩐지 이상하다 했어. 말도 안 되지. 그나저나 정식이네 아버지가 슈퍼 하잖아?"

"응."

정식이네는 시장가에 있는 슈퍼마켓을 운영하고 있었다. 안태의 가족을 건강원이 먹여 살린다면 정식의 가족은 슈퍼마켓이 먹여 살리고 있었다.

"그 슈퍼, 진열이 아버지가 회장으로 있는 신목유통 건물에 세 들어 있어. 거기다가 거기 들어가는 물건도 그 회사에서 대주는 거래."

정식에게도 들은 적 없는 이야기였다. 불현듯 분을 눌러 참으며 애써 합의서에 사인하는 진열 아버지의 모습이 떠올랐다.

'아, 어른이 된다는 건, 먹고산다는 건 그렇게 비굴해야만 하는 것인가.'

안태는 먹먹했다. 무언가 솟아오르려는 마음과 다 소용없다는 허무한 마음이 교차했다. 그저 터덜터덜 걸어 집으로 발걸음을 옮겼다.

정식의 예약문자

금요일 저녁이었다. 안태는 세븐일레븐 골목 옆으로 접어들어 언덕길을 오르기 시작했다. 그 골목 끝에는 주택가가 있었다. 주택가가 끝날 무렵에는 신목산이 펼쳐졌다. 동네 사람들이 등산로를 겸한 둘레길을 만들어놓은 곳으로 안태는 올라갔다. 저녁 시간에도 운동하는 사람들이 화려한 등산복을 입고 숨소리를 내며 빠르게 오가고 있었다. 안태는 고개를 숙인 채 등산로 끝까지 올라가 숲으로 들어섰다. 우거진 나무 사이로 오솔길이 보였고, 그 앞에 세워진 팻말이 눈에 띄었다.

더 이상 진입하지 마십시오. 산이 아픕니다.

동네 야산 나무 사이로 사람들의 발길이 이어지며 숲이 망가진다는 이야기를 들은 적이 있었다. 그럼에도 안태는 팻말 문구를 무시한 채 숲 쪽으로 올라갔다. 답답한 마음을 이렇게라도 달래야 했다. 거친 숨을 내쉬며 안태는 계속 언덕을 올랐다. 신목산은 높이가 200미터 정도의 나지막한 야산이었다. 해가 넘어가기 시작하자 대기는 온통 분홍색으로 바뀌었다.

커다란 바위 밑에 주저앉은 안태는 그간 있었던 일을 곱씹었다. 진열에게 이유 없이 집단 폭행을 당했고, 그 현장이 실시간으로 중계되면서 안태는 유명 인사가 되었다. 애초에 방송된 채널에서 동영상은 삭제됐지만, 이미 다른 채널과 각종 SNS에 두들겨 맞는 안태의 모습이 돌아다니고 있었다. 심지어 자극적인 부분만 편집한 영상도 많았다. 안태는 어딜 가든 사람들이 자신을 쳐다보는 눈빛을 견뎌야 했다.

그럴 때마다 안태는 죽고 싶었다. 치솟는 분을 견딜 수 없었다. 다치는지 안 다치는지 실험해보려고, 얼마나 강한지 테스트해본다는 심산으로 자신을 때렸다는 것이 납득되지 않았다. 아무 잘못도 하지 않았는데 맞은 것도 서러운데 더 화가 나는 것은 가진 자의 태도와 학교의 대처였다.

그들의 엄청난 위압과 권력 아래서 안태는 엄지손톱에 눌려 죽는 작은 벌레 같다는 생각이 들었다. 산에라도 올라 심호흡하지 않고는 견딜 수 없었다.

진열은 반성의 기미가 전혀 없었다. 교장선생님은 다신 이런 일이 발생하지 않도록 훈계하고 교칙에 의해 엄벌을 내리겠노라 했지만, 진열이 받은 벌은 고작 반성문 몇 장이었다. 그마저도 진열의 아버지 회사 직원이 대필해줬다는 소문이 들렸다.

세상은 결코 공정하거나 정의롭지 못했다. 그것을 이토록 선명하게 확인하게 될 줄 몰랐던 안태는 온 세상에 얻어맞은 기분이었다. 게다가 너무나 무기력한 자신의 할머니와 할아버지, 삼촌의 존재는 안태에게 큰 상처로 다가왔다.

"에이, 엿같아!"

안태는 옆에 있던 소나무 몸통을 주먹으로 힘껏 쳤다. 나무 전체가 부르르 떨렸지만 안태에겐 고통조차 느껴지지 않았다.

"으아아아아!"

밤하늘에 울려 퍼지도록 안태는 소리를 질렀다. 아주 조금은 속이 시원해지는 것 같았다. 몇 번이고 소리를 질렀다. 소리를 지르는 것만 해도 에너지가 쓰였는지 그 자리에

털썩 주저앉았다. 살면서 느껴본 적 없는 무기력함이 찾아들었다. 이곳을 떠나고 싶다는 생각뿐이었다. 어쩌다 이곳에 흘러들어와 이런 모욕을 참고 견뎌야 하나 싶었다.

그때, 휴대폰 진동이 울렸다. 민규의 문자였다.

안태야, 큰일 났어!

정식이가 자살을 했대!

빨리 신목병원으로 가봐!

뒷골이 찌르르하고 온몸의 피가 쫙 빠져나가는 느낌이었다. 자살이라는 단어가 눈에 박혀 빠지지 않았다. 민규에게 냅다 전화를 걸었다.

"야! 지금 무슨 소리야?"

"너 어디야? 아까 정식이 집 앞에 구급차가 와서 누가 물어봤는데……."

거의 우는 목소리로 민규가 말을 잇지 못했다.

"뭐라고? 정식이가 자살? 말도 안 되는 소리 하지 마!"

"자기 방에서 목을 맸대. 지금 경찰 오고 난리 났어. 어떡하냐……."

정식과 같은 동네에 사는 민규였다. 민규의 목소리 너머로 사이렌 소리가 들리는 것 같았다. 아무 생각도 들지 않았다. 뇌가 온통 하얘진 느낌이었다. 서둘러 산을 내려가며 안태는 생각했다.

'왜? 정식이가 왜? 정식이는 죽을 이유가 없어. 왜 죽어야 하는데? 대체 왜?'

이 잔인한 소식을 듣기 전에도 안태에게는 이해 안 되는 일들이 수두룩했다. 하지만 지금이 가장 이해되지 않았다.

'진열이한테 맞아서? 맞았는데도 부모님이 합의해서? 진열이 반성하지 않아서?'

이런 생각이 이어지며 안태는 눈물이 났다. 가쁜 숨과 눈물이 만나 거의 짐승이 울부짖는 소리로 외쳤다.

"왜? 왜? 왜? 같이 맞은 나도 살아 있는데, 왜!"

이제 겨우 몸을 회복한 정식이었다. 안태와 같은 아픔을 겪고 같은 상처를 받은 유일한 사람이었다. 안태에겐 유일한 베프였다. 또다시 세상이 자신에게 등을 돌리는 것 같았다.

큰길로 나온 안태는 엉망이 된 얼굴로 다급하게 택시를 잡아탔다.

"아저씨, 신목병원이요."

그로부터 사흘 뒤, 정식은 발인을 마치고 화장해서 신목 강에 뿌려졌다. 신목시는 발칵 뒤집어졌다. 신목타임스 기 자라는 남자가 납골당까지 쫓아와 이 일을 파헤치려 했지 만, 작은 지역신문이 이런 사건의 뒤를 캐는 데는 한계가 있었다. 장례식 삼 일 내내 안태는 정식의 곁을 지켰다. 사 람들은 함부로 수군댔다.

　"그렇게 두들겨 맞으니까 애가 자존심이 상했나 봐."

　"가만히 놔두면 안 돼! 고소해야 돼. 언론에 알려야 해!"

　여기저기서 난리가 났다. 해프닝도 있었다. 진열의 아버 지가 조문을 왔을 때, 정식의 아버지는 그의 멱살을 잡고 악다구니를 질렀다.

　"내 아들 살려내! 내 아들……."

　진열 아버지의 수행원들이 떼어놓지 않았다면 그 자리 에서 살인이라도 저지를 기세였다. 장례식장이 난장판이 되는 것을 안태는 마치 유령이라도 된 것처럼 지켜보았다. 화환들이 쓰러지고, 음식이 놓인 상이 뒤집어졌다. 그 아 수라장을 보며 안태는 오히려 싸늘해지는 자신을 느꼈다. 이 일은 이런 식으로 풀릴 문제가 아니었다. 눈물 한 방울 도 나오지 않았다. 해맑게 웃고 있는 영정 사진 속 정식의 얼굴이 야속할 만큼 가슴 아팠다. 안태와 함께 찍은 사진을 반으로 잘라 출력한 그것을 올려놓으며 정식의 어머니는 말했다.

"정식이 휴대폰에 웃는 사진이라고는 이것밖에 없더구나."

그랬다. 정식은 안태가 있을 때 웃었고, 안태는 정식이 있을 때 웃었다. 각자의 세상에서 외로운 둘이었지만 서로가 있었기에 외롭지 않았다. 이제 어떻게 살아야 하나, 정식 없는 세상을 어떻게 견뎌야 하나, 안태는 생각하며 멍하니 허공만 볼 뿐이었다.

안태의 할머니가 꼬깃꼬깃한 오만 원권 지폐 한 장을 봉투에 담아 부들부들 떨리는 손으로 조의함에 넣고, 정식 어머니의 손을 꼭 붙잡으며 눈물을 흘리는 모습이 안태에겐 흑백 영화의 한 장면처럼 보였다. 정식이 불길 속에서 화장되고 한 줌의 가루가 되어 강물에 뿌려지는 것까지 보고 나서도 현실처럼 느껴지지 않았다. 정식을 보내는 모든 과정을 눈앞에서 지켜보다 보면 이 상황이 와닿을 것 같았지만 아니었다. 모든 게 소설 같고 영화 같고 꿈같았다.

정식의 아버지는 아들을 강물에 흘려보내며 말했다.

"이 못난 아비를 용서해라."

강물 아래로 가라앉고 또 흘러가는 정식의 일부를 바라

보는 안태에게 정식의 아버지는 유골함을 내밀었다. 순간 망설였지만 이내 안태는 마음을 다잡고 정식을 한 줌 집어 들었다. 마치 마사토 같은 가루를 떨리는 손으로 강물에 뿌리며, 안태는 그제야 눈물을 뚝뚝 흘렸다.

그리고 그날 안태는 한숨도 자지 못했다. 눈을 감으면 가루가 되어 손에 닿은 정식이 떠올라 마음이 울렁였다. 잠이 들 듯 말 듯 정신이 느슨해졌다 팽팽해지는 게 반복되던 새벽, 설핏 정식의 목소리가 들렸다.

"안태야……."

환청인지 꿈속인지 분간되지 않던 순간, 안태는 정식과 함께 신목천 상류에 있는 작은 개울에서 물고기를 잡던 추억이 떠올랐다. 정식은 본능적인 촉으로 물고기를 잡겠다고 시시덕거렸다. 초등학생 같던 정식의 모습에 그때처럼 배시시 웃음이 났다.

그때, 안태의 환상에 찬물을 끼얹듯 요란한 문자 알람이 울렸다. 시간은 새벽 다섯시 정각. 문자의 발신자를 보고 안태는 등골이 오싹했다. 휴대폰 화면엔 분명 정식의 이름이 떠 있었다.

하나뿐인 친구 안태야.

이게 너에게 보내는 마지막 문자야.

나는 너무 쪽팔리고 억울해서 살 수가 없어.

맞은 것도 아프지만 사실 아빠, 엄마 때문에 마음이 더 아픈 것 같아.

나한테 참으래. 무조건 참고 용서하래. 어떻게 이래?

부모면 자식 마음 알아주고 자식 먼저 보듬어주고 자식 편에서 싸워줘야 하는 거잖아.

난 너무 충격적이고 또 부끄러워.

내 마음을 아는 건 너뿐이라 이렇게 울분을 토해봐.

안태야, 나는 도저히 견딜 수 없어서 이렇게 세상을 떠나.

너라도 잘 살아. 미안해.

눈물어 쏟아졌다. 정식의 목소리가 들리는 것 같았다. 생전 마지막으로 자신에게 예약문자를 쓴 정식을 생각하니 가슴이 미어졌다. 안태의 눈물샘이 고장이라도 난 것처럼 믿을 수 없이 많은 눈물이 나왔다.

안방에서 자고 있던 안태의 할아버지가 울음소리에 깨어 안태의 방을 들여다보았다.

"안태야, 빨리 자라. 죽은 건 사라지는 게 아니야. 너무 슬퍼하지 마라."

할아버지는 도통 알 수 없는 소리를 한 뒤 안태의 머리를 쓰다듬고 다시 방으로 들어갔다. 안태는 할아버지가 또 술을 마셨다고밖에 생각되지 않았다.

세상에 혼자 놓인 기분이었다. 너무 우울하고 아무런 의욕도 생기지 않았다. 생길 것 같지도 않았다. 이렇게 살면 뭐 하나 싶었다. 며칠간 제대로 자지 못해 피곤했지만 잠도 오지 않았다. 몇 시간을 뒤척이다 보니 몸이 배겨 더는 누워 있을 수가 없었다. 조용히 밖으로 나가 빌라 계단을 올랐다.

빌라 옥상엔 스티로폼으로 만든 작은 텃밭이 있었고, 누군가 돗자리에 널어 말리고 있는 빨간 고추가 있었다. 안태가 꼭대기 문을 열고 옥상에 진입하자 싸늘하고 매캐한 냄새가 바람에 실려왔다. 몇 걸음을 걸어 옥상 난간 아래를 내려다보았다.

'여기서 뛰어내리면…….'

아직 해가 뜨지 않은 어둑한 새벽이었다. 인적이 느껴지지 않았다. 멀리서 새벽 배송을 하는지 트럭 한 대가 골목으로 들어오는 것이 보일 뿐이었다.

이대로 죽으면 정식을 만날 수 있지 않을까. 지금이라도 안태를 부르며 등 뒤에서 나타날 것 같은 정식이 이 세상에 없다니. 믿기지가 않았다. 외로움이 세차게 몰려왔다.

'죽음이란 건 날마다 밤이 오고 해마다 겨울이 오는 것과 같은 게 아닐까? 피할 수는 없지만 준비는 할 수 있잖아. 그런데 넌 왜 그렇게 빨리 가버린 거야, 왜.'

안태의 머릿속에 떠오르는 것은 오로지 '복수' 두 글자였다.

'그래, 나라도 복수할 거야. 진열이 이 자식, 가만 놔두면 안 돼. 정식이를 위해서라도 이대로 있지는 않을 거야.'

그때, 검은 그림자 하나가 안태의 등 뒤에 나타났다.

안태의 비밀

　새벽 배송을 온 줄 알았던 일 톤 트럭은 승차감이 엉망이었다. 안태는 그 차에 올라앉아 임씨 아저씨가 운전하는 모습을 힐끗힐끗 쳐다보았다. 동쪽으로 움직이는 차에서는 마침 희부윰하게 밝아오는 새벽하늘이 보였다.

　"아까는 옥상에서 뭐 하고 있었던 거냐?"

　"그, 그냥요."

　갑자기 옥상에 나타난 임씨 아저씨는 할아버지와 친하게 지내는 동네 주민이었다. 아저씨의 말에는 어쩐지 권위가 있어 안태는 그저 아저씨가 시키는 대로 옥상에서 내려와 자연스레 트럭에 올라탔다.

　"어디로 가시는 거예요?"

　"우리 집."

"아저씨 집에는 왜요?"

"그냥 가만히 있어."

임씨 아저씨의 눈빛은 뭔가 달랐다. 사람 눈빛 같지 않았다. 거부할 수 없는 위압감이 있었다. 아마도 아저씨는 산에서 캔 약초를 할아버지에게 납품하려고 안태네 집을 찾았을 것이다. 임씨 아저씨는 땅꾼은 아니었지만 희귀 약초를 심어 할아버지에게 가져다주곤 했다. 하지만 이렇게 새벽에 온 일은 없어 조금 이상했다. 더구나 한 번도 가본 적 없는 임씨 아저씨의 집을 가는 것도 묘한 기분이었다.

"자, 이쪽에 있는 게 내 농장이다."

찻길 왼쪽으로 보이는 농장은 제법 컸다. 그 옆에 가건물로 지어놓은 것이 아저씨의 집인 것 같았다. 그 길을 지나 산으로 접어들어 꼬불꼬불 올라가니 작은 표고버섯 농장이 있었다. 나무들을 세워 종균을 박아놓은 그 농장 옆에는 농막이 하나 있는 게 보였다.

"들어가자."

농막에 들어갈 때쯤 아침 햇살이 온 대지를 비췄다. 새들은 부지런히 먹이 활동을 하고 있었다. 안태의 머릿속에는 일찍 일어나는 새가 벌레를 잡는다는 말이 떠올랐다.

"이거라도 먹어라."

임씨 아저씨는 냉장고를 열어 우유병을 꺼내 컵에 따라 안태에게 건넸다. 입맛이 전혀 없었지만 아저씨 성의를 생각해 두 손으로 받아 들고 한 모금을 마셨다. 억지로 먹은 탓이었을까. 맛이 조금 이상했다.

"염소젖이다."

고개를 작게 끄덕인 안태는 컵에 든 우유를 마저 마셔버렸다.

"근데 너는 왜 새벽부터 옥상 난간에 있었던 거냐? 뛰어내리기라도 하려고?"

"……."

"뭐야, 진짜 뛰어내리려고 했어?"

"아니, 그게……."

"아까 네 표정은 금방 뛰어내린다고 해도 이상하지 않아 보였어."

"……친구가 죽었어요."

"뭐? 아, 걔가 네 친구였어? 학교폭력으로 학생 하나 죽었다는 얘기는 들었다."

안태는 자초지종을 설명했다. 억울하게 자신이 진열에게 맞은 이야기부터 항변 한번 시원하게 못 해보고 화해와 용서를 강요당하며 침묵해야만 했던 억울함을 토로했다.

아저씨는 묵묵히 이야기를 들어주었다. 희끗희끗한 머리칼이 가끔 끄덕이는 고개를 따라 움직였다. 아무 말이 없었지만 큰 공감이 느껴졌다.

"새벽에 죽은 정식이한테 문자가 왔어요. 죽기 전에 예약 발송해뒀더라고요. 억울해서 참을 수 없다는 그 문자를 보는데…… 저도 도저히 참을 수가 없었어요."

"그래서 너도 따라 죽으려고 했어?"

"……."

쯧쯧쯧, 임씨 아저씨는 크게 혀를 찼다. 그러고는 잠시 생각에 잠긴 표정으로 먼곳을 바라봤다. 안태는 그저 가만히 기다렸다. 오 분쯤 지났을까, 아저씨는 조심히 입을 열었다.

"할아버지가 아직 아무 말 안 하셨겠지."

"예?"

"내가 얘기할 수밖에 없구나."

"뭘요?"

"너는 그럴 애가 아니다."

"그게 무슨……."

"그렇게 어리석은 짓을 해서 감옥이나 가고 인생을 망칠 사람이 아니라는 거다."

"제가 뭔데요? 공부도 못하고, 학교도 다니기 싫고, 아무것도 하기 싫은 한심한 인간인데요? 거기다가 우리 집은 엉망이에요. 부모님은 없지, 할아버지는 알코올중독자지, 삼촌은 장애인이지."

"어허, 이 녀석!"

임씨 아저씨는 중후한 목소리로 안태의 말을 막으셨다.

"내 말 잘 들어라. 너에게 특별한 능력이 있기 때문에 그런 고난을 겪는 거야."

"예? 특별한 능력이요?"

아저씨는 방에 들어가 보따리 하나를 가지고 나오더니 이글거리는 눈으로 안태를 바라보며 물었다.

"너 혹시 어린 시절 기억나니?"

난데없는 질문이었다.

"어린 시절이요?"

"그래. 유치원 때라든가, 기억이 나?"

"네, 유치원 다녔죠. 친구들도 있었고. 근데 왜요?"

"유치원 이전 기억은?"

안태는 잠시 골똘히 생각한 뒤 대답했다.

"할머니, 할아버지가 저를 처음 유치원에 데리고 갔는데…… 그 전에는…… 글쎄요, 기억 안 나는데요."

"다섯 살 이전은 기억이 없지?"

"네."

"기억력 좋은 아이들은 빠르면 세 살 때 있었던 일을 기억하기도 하더라. 근데 너는 그럴 리가 없지. 다섯 살 이전 기억은 없는 게 당연해."

"왜요? 왜 없는데요?"

"그때 네가 지구로 왔기 때문이야."

안태는 이게 무슨 소리인가 싶었다. 태어났다는 걸 지구에 왔다고, 죽은 걸 지구를 떠났다고 표현하는 사람이 간혹 있긴 했다.

"지구로 와요? 제가 외계인이에요?"

안태가 웃으며 물었지만 아저씨는 웃음기 하나 없이 대답했다.

"그렇게 설명할 수밖에 없다, 지구로 왔다고. 그렇다고 네가 외계인이라는 건 아니야."

"도통 무슨 말씀을 하시는지 모르겠네요."

"너도 이제 네 정체를 알 때가 됐어. 팔 좀 내밀어봐라."

어안이 벙벙했지만 안태는 얌전히 임씨 아저씨 앞으로 팔을 내밀었다. 안태의 손부터 어깨까지 근육이 주로 있는 부분을 위주로 만져보더니 아저씨는 고개를 끄덕였다.

"넌 네 몸의 근육들이 좀 부드럽다는 생각 안 해봤냐?"

"음, 해봤죠. 딱딱해야 되는데 물렁하달까?"

"어허, 뭘 모르는구나. 그렇지 않아."

임씨 아저씨의 이상한 이야기는 지금부터가 본격적이었다.

"너는 평행우주에서 지구로 온 아이야. 한마디로 우주의 버그지."

"뭐라고요?"

아저씨는 아까 가지고 나온 보따리를 끌렀다. 보따리 안에는 어설프게 붓으로 그려놓은 복잡한 형태의 별자리 그림과 우주 천문에 대해 한자로 쓴 글씨가 쓰인 종이들이 있었다.

"이건 내가 그린 건 아니고, 조선시대 숙종조의 이동자들 조상이신 안시현 선생님이 그리신 개념도다."

"이게 뭔데요?"

"요즘 말로 하면 평행우주의 개념이지. 자, 이 평행선 보이지?"

아저씨가 손가락으로 가리킨 그림에는 기다란 선 두 개가 그어져 있는 것이 보였다. 그 옆으로 다른 평행선들이 마구 교차하고 있었고 어지러워 보이는 동그라미들도 있었다.

"자, 이쪽 철로에 기차 바퀴가 굴러가면 저쪽 철로에 있는 바퀴가 같이 굴러가겠지? 저 두 철길은 영원히 만나지 않아. 평행선의 개념이지."

안태도 수학 시간에 들은 기억이 있었다. 물론 그래봐야 평행이 뭔지 알고 있는 수준이었다.

"우주도 이렇게 평행우주가 있다는 개념이야. 지구가 이 오른쪽 철로의 레일을 달려가고 있는 거고, 맞은편에 또 다른 철로가 존재하는 거지."

"말도 안 돼요!"

"말이 안 된다는 건 인간의 인지능력을 벗어난다는 의미란다. 이 철로 위를 기어가던 개미 한 마리가 있다고 치자. 이 개미는 계속 철로를 가야 되는데, 다른 개미들도 모두 철도 위를 똑같이 가고 있어. 그게 하나의 우주지. 그런데 옆에 다른 평행우주가 있단다. 어느 개미 한 마리가 우연한 계기로 가던 철로를 내려와서 침목을 건너 다른 철도 레일로 올라갔다고 하면 어떻게 될까? 그 길에도 또 다른 개미들이 움직이고 있어. 다 같은 개미고 같은 방향으로 가고 있지만, 오른쪽 철로 위의 개미가 왼쪽 철로 위의 개미는 아니지. 어떤 이유인지 모르겠지만, 너는 분명 다섯 살

무렵에 다른 우주에서 침묵을 통해 이쪽 지구로 넘어온 거야. 우주를 컴퓨터로 상정한다면 너는 버그인 셈이지."

"무슨 만화나 영화 얘기 하세요? 그게 가능해요? 제가 벌레라고요? 말도 안 되는 소리를 왜 이렇게 진지하게 하세요?"

안태는 더는 아저씨의 헛소리를 듣고 싶지 않았지만 아저씨의 눈빛에, 확신에 찬 목소리에 어쩐지 발목이 잡혔다.

"끝까지 들어봐. 너는 그때 그 개미처럼 지구로 왔기 때문에 너희 할아버지가 네 이름을 'Ant'에서 가져와 안태라고 지은 거야. 이해하겠니?"

"제 이름이 그래서 안태라고요?"

"그래. 평행우주에 대해선 나중에 좀 더 알게 될 거야. 그때 더 자세히 얘기해주마."

안태는 모두 부정하고 있기가 힘들어 그냥 속아보자, 받아들여보자, 생각했다. 그러니 불쑥 궁금해졌다.

"아니, 그런데 지금 이 얘길 왜 해주시는 거예요?"

"너에겐 특별한 능력이 있다고 했잖아."

"네, 그래서 제가 뭐, 초능력자라도 된다는 말이에요? 영화나 웹툰에 나오는 그런 초능력자?"

"그렇지. 너는 그것보다 더 뛰어난 능력을 가지고 있어."

"그럼 평행우주에는 초능력자들만 사는 거예요?"

"그건 아니야. 거기는 거기대로 우주의 질서가 있단다. 다만 다른 우주로 옮겨 갔을 때 환경의 차이에 따라 초능력으로도 보이고, 장애로도 보이지. 장애인인 너희 삼촌도 사실은 개미야."

"무슨 말씀이세요?"

"너희 삼촌은 또 다른 평행우주에서 왔어. 그곳은 지구보다 중력이 더 약한 곳이야."

"그럼 어떻게 되는데요?"

"그곳에 적응해 살던 너희 삼촌은 일곱 살에 지구로 왔는데, 이곳 중력이 있던 곳보다 두 배로 강하니 근력이 떨어지면서 힘을 쓸 수 없게 된 거야. 그러다 신체가 적응하지 못해 장애 판정을 받은 거지. 사람들은 그걸 근육병이라고도 하고 뇌성마비라고도 불러. 하지만 우리 이동자들 사이에서는⋯⋯."

"아까부터 말씀하시는 그 이동자가 뭐예요?"

"아, 우리 같은 사람들을 이동자라고 불러. 평행우주를 넘나드는 사람을 말이야."

"근데 이거 영화에 많이 나오는 이야기 아니에요?"

"어떤 놈이 돈을 받고 할리우드에 우리 이야기를 흘렸

지. 그래서 나온 영화가 많지만 대부분 엉터리란다.”

“저는 어느 별에서 온 건데요?”

“네가 갖고 있는 능력은 나중에 개발해봐야 알겠지만, 일단은 너의 근육이 말랑말랑한 것을 보아하니 ‘17-1 우주’에서 온 것 같아.”

“17-1 우주?”

“자, 여기 봐봐. 여기 있는 이 우주야.”

아저씨는 별자리 그림에서 별표가 되어 있는 오묘한 기호를 가리키며 이야기했다.

“이곳에서 온 이동자들은 대부분 지구에서 놀라운 능력을 발휘해.”

“그게 뭔데요?”

“이곳의 중력이 지구보다 다섯 배가 강해. 그 강한 중력을 이겨내는 사람들이 이 지구에 살고 있어.”

아저씨의 설명은 이러했다. 지구에 비해 다섯 배나 강한 중력을 가진 17-1 우주에서 견디기 위해서는 인간에 비해 놀라울 만큼 강한 근력을 가져야만 하는 것이다. 17-1 우주에서 1미터를 뛰어오르는 힘을 지구에서 발휘하면 5미터를 뛸 수 있는 원리였다.

“근데 저 운동 잘 못해요.”

"그건 지구에 적응했기 때문이야."

"적응 안 하면요?"

"초능력자가 되는 거지. 그 적응을 깨는 게 바로 증오와 원한이다."

"증오와 원한이요?"

"그래. 그게 너의 초능력을 살리는 힘이 될 거야. 그래서 이 타이밍에 말해주는 거고."

안태가 믿을 수 없는 표정으로 고개를 젓자 임씨 아저씨는 웃으며 말했다.

"나는 비닐하우스 문을 열러 가야 하니 너는 이곳에서 한숨 자고 있어라."

임씨 아저씨는 문을 향해 걸어 나가다가 갑자기 고개를 획 돌렸다.

"정 못 믿겠다면 이걸 한번 보여주마."

아저씨는 갑자기 달리더니 농막 뒤로 펄쩍 뛰었다. 그곳은 절벽이었다.

"아악! 아저씨!"

안태가 놀라 양말 바람으로 달려가 내려다보았다. 10미터가 훌쩍 넘는 절벽 아래로 옷을 툭툭 털고 있는 아저씨가 보였다.

"쉬고 있어라."

터덜터덜 언덕을 걸어 내려가는 그를 보면서도 안태는 눈을 의심했다.

"이럴 수가!"

그 누구도 10미터 절벽 아래로 뛰어내리면 저렇게 멀쩡히 걸을 수 없었다. 안태는 유튜브에서 봤던 파쿠르 영상이 떠올랐다. 건물과 건물 사이를 건너뛰거나 높은 곳에서 바닥으로 뛰어내리는 묘기 같은 행위가 비슷해 보였지만, 아저씨의 행동은 지금껏 본 영상 속 사람보다 사뿐했다.

'저건 훈련으로 되는 거 아닌가. 어떻게 한 건지 나중에 물어봐야지.'

안태는 농막 안으로 들어와 주방 쪽을 살펴보았다. 싱크대에는 작은 컵라면이 잔뜩 쌓여 있었다.

"이거라도 먹어야겠다."

물을 끓여 순식간에 컵라면을 비우고 나니 스르르 졸음이 쏟아졌다. 그 순간 안태는 자신에게 초능력이 있다면 어떤 일들이 벌어질까 생각했다. 그동안 봤던 웹툰이나 드라마에 나오는 멋진 장면들이 떠올랐다. 하늘을 난다든가, 건물을 쓰러뜨린다든가 하는 능력이 자신에게 있다는 생각을 하자 도무지 믿을 수가 없었다.

"그럴 리 없어……."

안태는 손바닥으로 벽을 세게 쳐보았다. 벽은 멀쩡했고, 손만 징 울릴 뿐이었다.

혹독한 훈련

다음 주 월요일이었다. 안태는 학교에 등교하며 오늘은 뭔가 다르다고 느꼈다. 특별한 이유는 없었지만, 몸 안에서 느껴지는 변화를 안태 스스로 감지하고 있었다. 어딘가에서 뜨거운 기운이 솟아올랐다. 증오와 원한의 마음은 변하지 않았다. 진열을 가만두지 않겠다는 복수심은 녹지 않고 그대로 가슴 한구석에 빙산처럼 중심을 잡고 있었다. 하지만 야릇한 자신감이 그 복수심을 감쌌다.

신목중학교 언덕을 걸어 올라가는 와중에 주위 아이들 모두 힐끗힐끗 안태를 바라보았다.

"야, 안태잖아."

"진열이한테 같이 두들겨 맞고 정식이 죽었잖아."

"쟤 사흘 동안 상갓집을 지켰대. 그리고 뼛가루 뿌리는 데까지도 갔었다던데?"

"와, 그런데 왜 저렇게 담담해 보이지? 냉정해 보이기까지 해."

수군대는 소리가 다 들렸지만 안태는 아무런 표정 변화도 보이지 않았다. 안태가 교실로 들어가 자리에 앉자 다른 아이들도 하나둘씩 교실에 들어왔다.

잠시 후 평소와 사뭇 다른 진열이 나타났다. 진열은 정식이 자살한 일 때문에 위축되어 있었고, 주변의 시선을 신경 쓰고 있었다. 안태가 반듯하게 앉아 책을 펴놓고 있는 것을 보자 아이들은 더 놀랐다. 그들은 안태가 절대 학교에 오지 못할 거라 생각했기 때문이다. 세븐틴 무리가 진열의 곁에 와서 말했다.

"야, 안태가 일찍 와가지고 저렇게 앉아 있어?"

"미친 거 아니냐, 저 새끼?"

"몰라."

진열이 두들겨 팬 이유로 정식이 죽었다는 증거는 없었다. 사람들은 정황증거만 가지고 정식이 그때 그 집단 폭행 때문에 죽었다고 생각할 뿐이었다. 하지만 유서도 남아 있지 않았다. 동네에는 정식이 이유 없이 목을 매 죽었다는 소문이 났고, 경찰에서도 단순 자살로 처리되는 분위기였다. 진열의 아버지는 불안해하고 있는 아들에게 말했다.

"걱정하지 말고 학교 다녀! 애들끼리 싸울 수도 있는 거지, 뭐 그런 거 가지고. 네가 죽인 거 아니야. 그 녀석이 예민해서 그런 것뿐이다. 아무 문제 없을 테니 넌 아빠만 믿어!"

그런 아버지의 말을 듣고 진열은 용기를 내 학교에 온 거였다. 다른 아이들은 모두 진열의 눈치를 보며 아무 말도 하지 못하고 있었다. 하지만 안태는 마음속에서 자신의 계획을 곱씹어보고 있었다.

임씨 아저씨를 만난 그날, 아저씨는 오후에 농막으로 돌아왔다. 손에는 장을 봐 온 것들이 잔뜩 있었다. 그사이 안태는 푹 자고 일어났다. 아직도 자신이 초능력자라는 사실이 믿기지 않았다.

"아저씨, 아까 저 벼랑으로 뛰어내린 거 파쿠르죠?"

"허허, 녀석. 어디서 뭐 좀 봤구나."

"파쿠르 맞아요?"

아저씨는 잠시 뜸을 들이다 입을 열었다.

"비슷하지. 프랑스의 이동자 레몽 벨이 사람들에게 보급한 걸 파쿠르라고 해. 나중에 그의 친구들이 배우고 싶다고 해서 야마카시 팀을 만들기도 했고, 이후엔 팀이 영화에도 출연했더라."

"맞네요, 그럼."

"반은 맞고 반은 틀려. 레몽이라는 이동자는 중력이 지구보다 1.5배 정도 강한 F-56 우주에서 왔어. 그러니까 충분히 가능했던 거고, 지구 사람들도 훈련으로 어느 정도 따라 할 수 있었던 거지."

"지금은 운동경기가 되었던데요?"

"맞아. 그 훈련을 받은 사람들이 체조경기 같은 데 나가서 메달 따고 그랬지. 하지만 원래 그런 능력은 경쟁을 위한 게 아니라 지구 환경에 맞게 살아남기 위한 거란다. 그러니 경쟁하면 안 된다는 이념이 있지."

"와! 멋져요."

아저씨는 아무것도 아니라는 표정을 지었다.

"저도 배울 수 있어요?"

"허허, 너 고작 그 정도에 감동한 거냐?"

"왜요?"

"이런 말 하면 어떨까 싶은데. 비유를 하자면 쥐나 잡던 고양이가 어느 날 살쾡이가 닭을 잡는 걸 보고 부러워했어. 그래서 본인도 닭을 잡고 싶다는 거지. 사실 그 고양이는 기린, 하마, 코끼리도 사냥하는 사자인데."

"네?"

"너의 능력이 어디까지인지 나도 모른다는 거야. 너 같은 버그들이 무슨 능력이 있는지는 스스로 찾아야 해."

"아저씨, 그러면 우리는 영화에 나오는 것처럼 시간 여행도 가능한 거예요?"

아저씨는 장 봐 온 먹을거리를 풀어놓더니, 자세히 설명하기 시작했다.

"시간 여행까지는 모르겠고, 다른 환경에서 온 것은 사실이니 모를 일이지. 그 능력을 발휘하는 사람도 있고, 능력을 숨긴 사람도 있어. 인간의 기록에 그런 것들이 많이 나와. 흔히들 말하는 거인 혹은 강한 영웅들이 이동자일 확률이 높지."

"누군데요?"

"골리앗을 이긴 다윗이란다. 우리나라에서도 홍길동, 임꺽정, 그런 사람들이 이동자였을 거야."

"왜요?"

"특출한 능력을 가지고 있어서지. 그래서 일반인들은 절대 그들을 죽이거나 체포할 수 없어. 그리고 순식간에 시공을 넘나들기 때문에 각종 역사적 기록에 그들의 이야기가 남아 있단다. 글이나 그림 등으로. 특히 문학작품에 많이 남아 있지."

"뭔데요?"

"허버트 조지 웰스의 『투명 인간』이라는 작품 읽어봤니?"

"아뇨."

"거기서 투명 인간은 사람이 투명해진다는 게 아니라, 순간 이동을 했기 때문에 없어졌다고 생각하는 거야. 이동자들이 평행우주를 통해 들어와 이곳에서 살게 되니 그들의 능력을 숨긴다고 숨기지만 가끔씩 노출되는 거지. 유튜브에서 보면 미스터리한 장면들이 많이 나오지? 조작된 것도 있지만 대부분 착시나 유령의 장난이 아니야. 평행우주에서 온 이동자들이 하는 거지. 한 여자가 커다란 덤프트럭에 치이기 직전에 갑자기 다음 장면에서 안전한 곳으로 멀찍이 옮겨지는 거 봤어?"

"어? 예. 영상 조작이라고들 하던데?"

"그게 이동자들이 하는 일이야."

"그러면 왜 이동자들은 당당하게 존재를 안 밝혀요?"

"그건 이동자를 추적하는 또 다른 세력들이 있기 때문이야. 강대국의 비밀경찰이나 특수 조직들이 있거든."

안태는 아저씨의 말을 듣고 나니 자신에게 그런 능력이 있다는 것을 더더욱 믿을 수가 없었다. 그런 안태의 눈빛을 읽었는지 아저씨가 말했다.

"너도 한번 실험해보자. 옷 좀 벗어봐."

안태는 상의를 벗었다. 앙상하게 마른 몸이 드러났다.

"네가 진열이라는 아이 패거리에게 그렇게 맞았다면, 상처를 입거나 뼈가 부러지거나 근육이 파열됐어야 해. 그런데 봐봐. 네 몸은 지금 멀쩡해. 오히려 너보다 적게 맞았던 정식이라는 아이는 다리가 부러지고 병원에 입원했었지."

"예, 맞아요."

"그게 네가 이동자라는 증거야. 테스트를 한번 해볼까?"

아저씨는 안태를 데리고 농막 바깥으로 나갔다.

"자, 너의 근육이 아직은 발달하지 않았으니까 평행우주에서 온 너의 근육과 온몸을 자극해보자. 여기 대자로 누워봐."

안태가 잔디밭에 대자로 눕자, 아저씨는 양발과 양팔을 끈으로 묶었다. 한마디로 사지 거열형 자세가 된 것이다. 두 다리는 나무에 묶고 양팔을 트럭 범퍼에 묶고 난 뒤, 아저씨는 말했다.

"겁먹지는 마라, 살살 할 테니."

"아, 아저씨 왜 이러시는 거예요!"

아저씨는 안태의 외침에도 아랑곳하지 않고 트럭에 시동을 걸었다. 곧 차는 앞으로 움직였다. 안태는 찢어지는 듯한 통증이 느껴졌다. 모든 근육이 당겨지며 온몸의 고통이 뇌로 전달됐다.

"으악! 아아악! 살려주세요! 아저씨 왜 이러세요!"

안태는 몸부림을 쳤다. 고통이 온몸의 뼛조각을 파고드는 것 같았다. 몇 번 액셀을 밟던 아저씨는 시동을 끄고 차에서 내려왔다. 온몸에 땀을 흘리고 있는 안태를 내려다보며 아저씨는 말했다.

"이게 바로 네가 이동자라는 증거야. 일반인에게 이렇게 했다면 사지와 관절이 뽑혀서 벌써 정신을 잃었을 거다. 그런데 너는 지금 멀쩡해."

아저씨가 안태의 몸에 감긴 밧줄을 풀자 언제 그랬냐는 듯이 통증은 사라졌다. 정말 신기했다.

"왜 멀쩡하지?"

"그래, 인간이라면 절대 견딜 수 없는 힘으로 사지를 당겼는데 너는 이렇게 멀쩡해. 내 트럭은 133마력이다. 물론 그 힘을 다 쓴 건 아니지만 이게 네가 갖고 있는 능력이야."

"아저씨가 저 절벽에서 뛰어내린 것도 그런 건가요?"

"그래, 나도 너와 같은 우주에서 왔기 때문이지. 보통 인간들도 2미터 정도 높이에서는 조심해서 뛰어내리면 다치지 않아. 하지만 네가 온 우주에서는 다섯 배의 중력을 가지고 있기 때문에 아마 10미터 높이에서 뛰어도 크게 지장이 없을 거다. 그만큼 근육이 강하고, 골격이 그쪽 행성의 중력에 맞게 형성되어 있기 때문이야."

안태는 이 신기한 말들이 조금씩 믿어졌다. 이걸 이용하고 싶었다.

"이제부터 어떻게 하면 되죠?"

"너의 근육과 골격을 과도하게 당긴 것만으로도 잠자던 네 세포들은 움직이기 시작했을 거다. 봐라."

아저씨의 말이 맞았다. 안태의 근육과 피부에 핏기가 돌기 시작하면서 온몸이 뜨거워졌다.

"이게 뭐죠?"

"잠자고 있던 너의 세포들이 분열을 일으키기 시작하는 거야. 과거에 있었던 DNA대로 근육이 세포분열을 일으키는 거지. 너는 하루하루 강해질 거야. 전사로 다시 태어나는 거지."

그 말은 거짓이 아니었다. 매일같이 하루 종일 안태의 몸은 뜨거웠다. 너무 뜨거워 농막 옆에 있는 물탱크로 쓰는 드럼통에 목만 빼놓고 들어가 앉아 있어야 할 정도였다.

"그래, 열을 식히는 건 좋은 방법이야. 너의 세포는 계속 증대되고 있을 거다. 강한 세포가 너를 다른 사람으로 만들 거야."

"근데 저 근육맨이 되는 건 싫은데요."

"근육맨이 되는 게 아니야. 너의 세포와 근육들이 다른 성질로 변하는 거지. 원래 있던 곳으로 돌아가는 거야. 이건 마치 일반 고무줄이 고탄성 고무줄로 변하는 것과 마찬가지야. 같은 길이, 같은 두께지만 너의 근육들이 고탄성으로 변하는 거란다. 계속 자극을 줘야 해."

그날 밤, 안태는 높은 곳에서 뛰어내리는 것을 수백 번 반복했다. 뛰어내릴 때마다 조금씩 높이를 높여나갔다. 처음에는 1미터 높이에서 뛰어내리는 것도 두려웠지만, 그날 밤 자정이 될 무렵에는 3미터 높이에서 뛰어내릴 정도로 근육과 뼈가 강화되어 있었다. 자신의 빠른 발달에 안태는 그저 놀라웠다.

이런 훈련을 주말 내내 하고 월요일 날 학교에 등장한 안태였다. 전에 없던 자신감이 샘솟는 게 주변에도 느껴졌을 것이다. 세븐틴 무리 중 한 녀석이 안태의 가까이에 다가왔다.

"야, 우안태!"

안태는 쳐다보지도 않았다.

"이 새끼가!"

그 녀석이 안태의 뒤통수를 쳤다. 그래도 안태는 돌아보지 않았다. 임씨 아저씨가 한 말이 있었기 때문이다.

"경거망동하지 마라. 너는 이제 초능력이 있는 걸 알게 됐어. 평행우주에서 네가 이곳으로 온 건 어떠한 의미가 있는 일이다. 그러니 그 의미를 찾을 때까지는 행동을 조심해야 해."

아저씨의 말을 곱씹으며 안태는 무시로 일관했다. 그러자 때린 녀석이 더 기분 나빠진 모양이었다.

"이 새끼가 사람이 부르면 눈깔로 봐야 될 거 아냐!"

녀석이 두 손으로 안태의 목을 꽉 졸랐다. 하지만 안태는 평온한 표정으로 있는 힘껏 자신의 목을 조르고 있는 녀석을 바라보았다. 그 눈빛에는 범접할 수 없는 살기가 담겨 있었다.

"헉!"

깜짝 놀란 녀석은 손을 풀고 주춤주춤 안태에게서 물러났다. 옆에 있는 아이들이 두려움이 담긴 눈으로 쳐다보며 웅성거렸다.

"왜 그러지?"

"뭐야? 왜 그래?"

안태의 눈에서 뿜어져 나오는 놀라운 살기에 녀석은 뒷걸음질해 진열에게 가서 조용히 말했다.

"야, 저 새끼 뭔가 변했어."

"변하긴 뭘 변해, 그대론데."

"아니야. 날 쳐다보는데 등골이 오싹했다고."

"이 자식이 쓸데없는 소리 하고 있네."

그때 담임선생님이 교실로 들어왔다.

"얘들아, 수업 준비해라."

안태는 반듯한 자세로 수업에 임했다. 세븐틴 무리는 안태에게 뭔가 있다는 느낌을 지우지 못한 채 자기들끼리 속닥거리고만 있을 뿐이었다. 안태의 능력은 이미 일반인의 그것과 달랐다. 심장과 폐도 움직이는 것이기에, 심폐 능력은 엄청나게 강화되었다. 그야말로 안태가 이동자이기에 가능한 일이었다. 하지만 외형은 전혀 변화가 없었다. 평범한 고등학생의 몸 그대로였다.

그날 학교를 마친 안태가 농막을 향해 걸어 올라갈 때 등 뒤에서 휘파람 소리가 들려왔다.

"휙휙!"

안태가 돌아보니 세븐틴 멤버 다섯 명이 따라오고 있었다. 안태는 자리에 서서 녀석들이 올라오는 것을 기다렸다. 그들은 다가오며 안태를 향해 한마디씩 했다.

"야, 여기 왜 왔냐? 이 촌구석에."

"이 자식, 웃기는 놈이야."

"너 할아버지 뱀 잡는 데 가야 될 거 아냐, 이 땅꾼 자식아!"

그들은 비아냥거렸다. 아마도 진열이 너무도 멀쩡한 안태의 뒤를 알아보라고 보낸 것일 터였다. 안태는 그들과 싸우고 싶지 않았다.

"야, 너 얼마 전에 영식이가 불렀는데 꼬나봤다며?"

세븐틴에서 서열 세 번째 정도 되는 상열이 다가오더니, 발로 안태의 정강이를 걷어차며 말했다. 하지만 안태는 통증을 느끼지 않았다. 자신의 변한 몸이 또 한번 확인되는 순간이었다.

"어쭈, 이 자식이!"

이번에는 안태의 허벅지에 로 킥을 갈겼다. 그래도 표정 하나 변하지 않는 안태를 보자 녀석들은 열이 받는 눈치였다.

"이 새끼 건방진 거 봐라, 죽고 싶냐?"

다른 녀석이 다가와서 뺨을 후려쳤지만 안태는 눈도 하나 깜짝 안 했다.

"어쭈, 이것 봐라? 야, 밟아!"

녀석들은 모두 달려들어 안태를 쓰러뜨린 뒤 마구 짓밟았다. 그러나 안태는 자신을 보호하면서도 그들의 발길질에 몸을 내맡겼다. 이미 안태는 그들보다 대여섯 배의 근력을 가진 초능력자로 거듭나고 있었다. 이 정도 폭력쯤이야 마치 강아지가 사람에게 와서 앞발로 툭툭 치는 것과 비슷했다. 잠시 후 때리던 녀석들이 지쳐 나가떨어졌다.

"이 새끼가……. 헉, 헉!"

안태는 아무렇지 않게 일어나 말했다.

"다 때렸냐?"

지친 녀석들이 괴물을 보듯 안태를 바라봤다.

"저 새끼 뭐야!"

"너네 이리 와봐."

안태는 순식간에 다섯 명을 돌려차기와 옆차기, 주먹으로 한 대씩 공격했다. 근력이 좋아진 터라 안태는 그 다섯 명을 공격하는 데 일 초도 걸리지 않았다. 빛이 지나간 것처럼 번쩍하는 순간, 다섯 녀석은 모두 나가떨어져 바닥에

뒹굴었다. 비명이 난무했다.

"으악!"

그도 그럴 것이 안태의 주먹은 일반인의 다섯 배 힘이 실린 것이었다. 맞는 즉시 코뼈가 부러지고 갈비뼈가 나갈 정도였다. 녀석들은 나뒹굴면서도 작금의 상황을 이해할 수 없었다.

"이게 어떻게 된 일이야!"

"뭐야, 으아아악!!"

녀석들은 거의 기다시피 언덕 아래로 내려갔다. 절뚝거리며 도망가는 녀석들을 뒤로하고 안태는 농막으로 걸어 올라갔다.

녀석들을 두들겨 팬 일은 다음 날 보복으로 돌아왔다. 안태가 등교해 교실 문을 열었을 때, 안태의 책상 위에는 오물이 잔뜩 묻어 있었다. 진열이 보낸 도전장이었다. 안태는 표정 하나 변하지 않은 채 책상을 번쩍 들고 화장실로 가 깨끗이 닦아 돌아왔다. 마치 수행하는 느낌까지 들었다.

안태는 이제 그들이 두렵지 않았다. 이런 짓도 다 애송이 장난처럼 여겨졌다. 오히려 세븐틴 무리가 안태의 변화를 느끼고 두려움에 쳐다보고만 있을 뿐이었다. 자신들이 도발을 해도 예전과는 다른 상황이 벌어진 것이었다. 진열은 그것을 지켜보며 어제 당한 다섯 녀석에게 물었다.

"야, 정말 저 새끼한테 그렇게 맞았다는 거야?"

"어. 나 광대뼈 나갔어."

"야, 너는?"

"손가락 부러졌어."

"나는 갈비뼈가 부러졌다고. 저 새끼 이상해! 우리도 귀신에 홀린 것 같아, 무서워. 야, 진열아 쟤랑 싸우지 마. 쟤 뭔가 변했어!"

"그럴 리가 없잖아!"

진열은 아무리 봐도 안태가 변했다는 느낌이 들지 않았다. 오히려 더 조용하고 차분해졌다는 느낌만 들 뿐이었다.

"좋아, 저놈이 어떻게 나오나 한번 보자고."

진열은 교활한 눈빛을 반짝이며 좋은 방법이 떠올랐다는 듯 아이들을 불러 모았다.

어설픈 도전

토요일 아침이었다. 농막 주위에는 각종 새가 지지배배 우는 소리가 들렸다. 어젯밤 늦게까지 수련해서 피곤했던 안태는 슬리핑 백 안에서 고치처럼 웅크린 채 자고 있었다. 그때 농막 문을 벌컥 열고 들어서는 사람이 있었다.

"야, 우안태! 일어나라."

안태는 눈을 번쩍 떴다. 진열과 그 무리가 쳐들어왔다고 생각해 화들짝 일어나 방어 태세를 갖췄다. 좁은 곳에서 싸우면 자신에게 불리하다는 것을 알았기에 뛰쳐나가려던 참이었다.

"이 새끼들이!"

그러나 문 앞에 서 있는 사람은 임씨 아저씨였다.

"어? 아저씨, 왜 그러세요?"

"너, 집에 가봐야 할 것 같다."

아저씨의 눈빛과 말투는 차분했지만 뭔가 심상치 않은 일이 벌어졌다는 건 느낌으로 알 수 있었다.

"집에요?"

고개를 들어 시계를 봤다. 오전 여섯시 반이었다.

"너희 집에 일이 생겼어. 빨리 가봐야 해."

"네?"

"어서 옷 입고 나와."

안태는 허둥지둥 옷을 입고 바깥으로 나갔다. 트럭에 올라 산길을 내려가면서 안태는 불길함을 떨치려 아저씨에게 물었다.

"대체 무슨 일이에요? 저희 집에 무슨 일이 생겼는데요?"

"가서 보면 알아. 너무 놀라지는 말아라."

아무리 물어도 아저씨는 말해주지 않았다. 흥분한 안태가 무슨 짓을 할지 몰랐기 때문이다.

산길에서 내려와 신목 시내를 지나 연립주택 골목 단지로 들어섰다. 저만치에 경찰차가 있는 것이 보였다. 무슨 사건이 벌어진 게 분명했다. 임씨 아저씨가 멀찍이 차를 대자 안태는 쏜살같이 뛰어 집으로 향했다. 사람들이 둘러서 수군대고 있는 사이를 뚫고 들어가려 하자 경찰이 안태를 막았다.

"잠깐만, 너 누구야!"

"저 이 집 살아요. 우리 집이에요."

그제야 경찰은 길을 터줬다. 집 안에 들어가보니 차마 눈 뜨고 볼 수 없는 광경이 펼쳐져 있었다. 창문이란 창문은 다 깨져 있었고, 반지하방 안에는 쓰레기와 오물이 넘쳐났다. 미처 창문 안으로 다 못 들어간 쓰레기들도 집주변을 나뒹굴고 있었다. 어느 쓰레기 처리장에서 주워 왔는지 분리수거와 매립용 쓰레기봉투가 한가득이었고, 음식물 쓰레기 냄새가 코를 찔렀다. 할머니와 할아버지는 한쪽에 주저앉아 있었다.

"할머니, 할아버지 안 다쳤어요? 괜찮아요?"

"괘, 괜찮다."

할아버지가 겨우 입을 뗐고, 할머니는 연신 눈물만 닦아냈다.

"우리가 자고 있는데…… 어떤 놈들이 이 유리창을 다 깨고 이걸 집어넣더구나."

할아버지가 말하자 경찰관이 다가와서 진정시켰다.

"할아버지, 할머니 걱정하지 마세요. CCTV 보면 어떤 놈이 범인인지 알 수 있을 거예요."

하지만 안태는 누가 범인인지 이미 짐작하고 있었다. 그래도 명확한 증거가 나올 때까지는 의심을 발설할 수 없었다. 더구나 진열에게 보복하는 일은 공권력의 힘을 빌리거나 어른들을 통해서는 결코 해결되지 않는다는 사실을 누구보다 잘 알고 있었다. 이를 바득바득 간 뒤, 안태는 침착하게 방 안 곳곳에 어질러져 있는 쓰레기봉투를 치우기 시작했다. 할 일이라곤 그것뿐이었다. 다행히 집주인이 백 리터짜리 쓰레기봉투를 여러 개 가져다주며 위로의 말을 전했다.

"아이고, 어떤 못된 놈들이 이랬을까. 경찰 선생님들, 범인 꼭 좀 잡아주세요."

오전 내내 안태는 쓰레기를 새 쓰레기봉투에 담았다. 봉투가 무려 열 개가 나왔다. 쓰레기가 눈앞에서 사라지자 할머니는 비로소 정신을 차리고 안태에게 물었다.

"안태야, 배고프지? 할미가 밥 차려줄게."

"괜찮아요, 할머니. 우리 그냥 짜장면이나 시켜 먹어요."

"그래, 그러자꾸나."

안태는 배달 앱으로 짜장면과 탕수육을 주문했다. 술을

좋아하는 할아버지를 위해 짬뽕도 시켰다. 그날, 할아버지는 술을 마시며 의미심장한 말을 했다.

"임씨가 다 말했지?"

"네."

"행여 경거망동하지 마라."

"네."

"그거면 됐다."

할아버지도 이 난장판의 범인이 누군지 아는 것 같았다. 갑자기 안태는 할아버지 같은 위대한 이동자가 왜 약자로 살아야 하는지 의문이 들었다. 초능력을 발휘하면 얼마든지 대단한 일을 할 수 있을 텐데, 그 누구도 넘볼 수 없을 텐데 뱀이나 잡으며 사람들에게 보약 같지 않은 보약을 팔아 생계를 유지하는 게 도무지 납득이 가지 않았다.

잠시 후 유리 가게 아저씨가 와서 깨진 유리창을 갈아주었다.

"그래도 다행이네, 이 집은 유리창만 깼으니 망정이지."

그 말을 들은 안태가 유리 가게 아저씨에게 물었다.

"그게 무슨 말씀이에요?"

"아, 저쪽 구목에서는 누가 어떤 집 유리창을 깨고 그 안에다가 화염병을 집어넣어서 방 한 칸을 홀랑 태웠어. 세상이 어찌 되려고 이러나 몰라."

그것도 그놈들 짓일까, 안태는 생각했다.

집주인은 유리창이 깨진 게 안태네 책임이 아니라며 새 유리 대금을 계산해주었다. 늘 친절한 주인이었다. 월세가 몇 달이나 밀려도 기다려줬고, 언제 쫓아내도 이상하지 않은 안태네 가족을 언제나 상냥하게 대해줬다.

"할아버지, 할머니. 좀 쉬세요. 안태야, 너무 걱정 마라."

집주인이 돌아가고 얼마 지나지 않아, 막걸리 한 통을 다 비운 할아버지가 침대에 누워 코를 골았다. 할머니는 이곳저곳 걸레질을 하기 시작했다. 안태는 다시 임씨 아저씨 집으로 가야겠다고 생각했다.

"할머니, 저 다시 농막에 갈게요."

"그래, 여기보다 거기가 낫겠다. 늘 몸조심해라."

안태는 최대한 온순한 표정으로 집을 나왔다. 하지만 계단을 올라오는 안태의 얼굴은 싸늘하게 변했고, 바깥으로 나온 뒤에는 악마처럼 변했다. 이대로 넘어갈 수는 없었다. 당하고만 살던 과거의 안태가 아니었다.

'이 자식들……'

온몸의 근육에 아드레날린이 분비되는 것이 느껴졌다. 걸음에도 힘이 실렸다. 주머니에서 휴대폰을 꺼내 진열에게 문자를 보냈다.

개새끼야, 가족은 건드리지 마.
너 나랑 붙자, 이 새끼야.
내가 갈까, 네가 올래?
어디냐?

잠시 후 기다렸다는 듯이 문자가 왔다.

ㅋㅋㅋ우리 신호 알아챘구나.
레전드피시방으로 와라.

안태는 구도심 한쪽 구석에 위치한 건물 이층의 낡은 피시방으로 향했다. 진열은 그곳을 세븐틴 아지트로 쓰고 있었다. 안태가 건물 가까이 다가서자 피시방 입구에서 망을 보고 있던 세븐틴의 서열 10위쯤 되는 녀석이 재빨리 피시방 안을 향해 소리쳤다.

"야, 병신 왔다."

세븐틴 무리가 우르르 몰려 내려왔다. 교복을 제대로 입은 녀석이 없었다. 모두 단추를 풀어젖히거나 사복 차림인

데다가 담배까지 꼬나물고 있었다. 제일 늦게 내려온 진열이 안태를 향해 환하게 웃으며 말했다.

"왜 한판 뜨게? 또 저번처럼 라방 한번 찍어? 어디서 뜰까?"

안태의 눈에서는 불꽃이 튀었다.

"그래, 뜨자."

안태의 반응에 녀석들은 조금 당황했다. 어쩐지 이전의 안태 같지 않았다. 표정이 다른 사람 같았다. 하지만 진열만은 히죽거렸다. 신목시에서 자신의 권세를 이길 수 있는 사람은 진열에겐 아무도 없었기 때문이다.

"두부 공장 뒤로 가자."

두부 공장은 과거 두부를 만들던 공장이었다가 요식업 경기가 나빠지며 폐허로 남은 곳이었다. 공장 뒤에는 직원들이 사용했던 족구장이 있는데, 세븐틴 무리가 그곳에서 운동이나 싸움질을 한다는 소리를 안태는 들은 적 있었다. 여느 때 같았으면 호랑이 아가리 같은 그곳에 갈 리가 없었지만 지금은 그런 걸 따질 필요가 없었다. 과거의 자신이 아니었기 때문이다. 안태는 말없이 두부 공장을 향해 걸었다. 그에게서 나오는 아우라에 분위기가 팽팽해지는 게 느껴졌는지 몇몇 녀석이 수군댔다.

"야, 안태 저 새끼, 저거 옛날 찌질이 아니던데."

"어디서 훈련 같은 거 받았나?"

"특공 무술 배운 거 아니야?"

진열은 수군대는 녀석들을 향해 소리쳤다.

"아가리 닥쳐, 이 새끼들아! 특공대가 아니라 네이비 실도 쪽수가 달리면 밀리는 거야."

열일곱이란 머릿수를 믿고 진열은 비열하게 웃었다.

이윽고 두부 공장 안쪽으로 들어서자 세븐틴 한 녀석이 잠긴 문을 드르륵 열고선 안태에게 턱짓을 했다. 열린 문 사이로 풀이 잔뜩 자라 있는 족구장이 나타났다.

"자, 뭐 어떻게 하자고? 말해봐. 어떻게 붙어줄까, 이 새끼야!"

진열이 이죽거리며 안태를 도발했다.

"너…… 우리 할아버지, 할머니는 건들지 말았어야지. 오늘 죽어봐라."

안태의 마지막 말에 세븐틴 무리는 괴성을 질렀다.

"오예!"

"무서워서 오줌 싸겠다."

"나 한번 죽어보고 싶다."

안태는 동요하지 않고 안정적인 자세를 취하며 덤비라

는 손짓을 했다.

"뭐 하고 있어? 밟아!"

진열의 말에 세븐틴 무리가 안태에게 우르르 몰려들었다. 안태는 가장 먼저 달려오는 녀석의 목을 손날로 쳐 넘겼다. 녀석은 저만치 나가떨어졌다. 다음은 발, 주먹, 팔꿈치, 머리로 사정없이 덤벼드는 놈들을 들이받았다. 그야말로 영화에서나 보던 격렬한 격투신이 펼쳐졌다. 몇몇은 안태의 주먹 한 대만으로도 치명상을 입고 나가떨어졌다.

"아으으!"

여기저기서 곧 죽을 것 같은 비명이 울렸다. 하지만 열일곱 명을 상대로 혼자 싸우는 게 쉬운 일이 아니었다. 이윽고 일고여덟 명이 동시에 안태를 짓밟으려 올라탔다. 그들 밑에 깔린 안태는 순간 불길한 예감에 사로잡혔다.

'아, 이대로 또…….'

하지만 순간, 안태는 알 수 없는 힘이 생겨나며 웅크렸던 몸을 벌떡 일으켰다. 만화에 나오는 것처럼 대여섯 명이 멀리 나가떨어지는 모습을 보자 지켜보던 진열은 주머니에서 고강도 너클을 꺼냈다. 그것을 손가락에 낀 진열이 소리치며 달려나갔다.

"너 이 자식, 죽어봐라."

유도를 하는 진열이었지만, 사실 그는 격투기 선수가 되는 게 꿈이었다. 그러니까 종합무술을 섭렵한 녀석이 무기까지 끼고 덤벼든 것이었다.

"비켜!"

진열은 소리를 지르더니 그대로 날아올라 너클 낀 주먹으로 안태의 관자놀이를 후려쳤다. 안태의 목이 썩은 나뭇가지 부러지듯 돌아갔다. 과거의 안태였다면 광대뼈가 부러지며 바로 기절했을 것이다. 그러나 안태는 고개만 돌린 뒤, 다시 피멍 든 얼굴로 웃으며 진열을 쳐다봤다.

"비겁한 자식, 일 대 다 싸움에 연장까지 쓴다고?"

얼굴이 찢어지고 뼈가 부러질 거라 생각한 진열이 그저 불그스름해지기만 한 안태의 얼굴을 보고 살짝 당황했다. 강철 너클의 위력이 고작 이 정도일 리 없다는 표정이었다. 그 순간 안태가 진열의 넓적다리에 로 킥을 날렸다.

"빡!"

장작 패는 소리가 났다. 진열이 휘청거리며 주저앉을 뻔했다. 유도로 단련된 허벅지가 아니었다면 벌써 데굴데굴 나뒹굴었을 것이다. 다시 한번 주먹이 날아왔다. 안태의 손길로 이미 지친 세븐틴 무리가 쳐다보는 가운데 안태와 진열은 일대일 격투를 벌였다. 진열의 주먹이 안태를 몇 번이나 강타했지만, 치명상을 주지는 못했다. 하지만 안태의 주먹은 강력했다. 몇 대 맞은 진열이 이대로의 대결은 자신에게 승산이 없다는 것을 알아챘다.

"뭐 하고 있어? 조져!"

그들만의 신호였다. 이제 연장을 쓰라는 지시였다. 녀석들은 닥치는 대로 쇠 파이프와 각목, 벽돌을 들고 안태에게 달려들었다. 열일곱 명이 휘두르는 연장을 막아내는 것은 불가능했다. 안태는 온몸에 쏟아지는 통증을 느끼며 그 자리에서 무릎을 꿇고 땅바닥에 엎어지고 말았다. 눈앞에 정식의 영혼이 떠도는 것만 같았다.

"새끼가 나를! 감히! 용서할 수 없다."

마지막으로 들은 말은 득의만만한 진열의 목소리였다. 안태는 정신을 잃어버렸다.

망한다는 것

눈을 떠보니 안태는 농막에 누워 있었다. 고개를 돌리자 수건으로 상처를 닦아주는 임씨 아저씨가 보였다.

"아저씨, 여기는……."

"걱정하지 마라. 두부 공장에서 널 데리고 왔다."

"거기는……."

"애들은 다 도망가고 없더라."

"어떻게 저를……."

"네가 그쪽으로 간다고 동네에 있는 사람들이 말해주더구나."

유명 인사인 안태를 추적하는 일은 아저씨에게 그리 어렵지 않았다. 느낌이 이상했던 아저씨는 안태를 수소문했고, 뒤늦었지만 두부 공장을 알아내고 쓰러진 안태를 찾아냈다. 일반인이라면 병원으로 가는 게 맞았지만 안태이기에 그저 자기 농막으로 데려온 것이었다.

"저, 몸은⋯⋯."

"괜찮을 거다. 다친 덴 없어."

그렇게 맞았는데 다친 데가 없다니. 안태가 몸을 일으켜 거울에 비친 얼굴을 좌우로 살펴보니 실시간으로 상처가 아물고 있었다.

"이, 이, 이게 왜 이래요?"

"얘기했잖니. 네가 온 별에서는 중력이 센 만큼 지구에 오면 회복과 신진대사가 빠르다고. 그래서 상처도 빨리 아무는 거야. 저녁때면 다 나을 거다. 수련을 하면 할수록 그 과정이 빨라져. 아픈 건 어떠냐?"

"욱신욱신 쑤셔요."

"그래, 열 명이 훌쩍 넘는 놈들한테 두들겨 맞았으니 당연하지. 일반인 같았으면 벌써 죽었을 거야. 역시 이동자라서 다르구나."

아저씨가 일어나더니 주방에서 그릇 하나를 가져와 안태에게 내밀었다. 미음 같은 게 담겨 있었다.

"자, 이거 먹고 마저 회복해라."

안태가 미음을 한 입 떠먹자 노린내와 비린 맛이 느껴졌다. 평범한 미음이 아닌 것 같았다. 역시나 아저씨가 직접 사냥한 산짐승들의 고기를 갈아 만든 것이라고 했다. 무슨 고기인지 알 수는 없었지만 마늘과 생강으로 잡냄새를 줄여서 그나마 먹을 만했다. 먹으면 힘이 나는 단백질이 보강된 영양식이라는 말에 눈을 꾹 감고 꿀떡꿀떡 삼켰다. 그랬더니 몸이 벌써 반 이상은 회복되었다.

"젊어서 그런지 회복력이 빠르구나."

안태도 믿을 수 없었다. 상처는 벌써 많이 쪼그라들고 딱지가 생겨났다. 욱신욱신한 통증도 서서히 사라지고 있었다. 이건 마치, 사우나에 들어가 몇 번 땀을 빼면 몸이 개운해지는 느낌과 비슷했다.

"오늘 시간이 있으니 너희 할아버지 이야기를 해줄게."

"할아버지요?"

임씨 아저씨는 그간 안태가 궁금해한 할아버지에 대한 이야기를 꺼냈다.

"한국에서는 이동자들이 가장 많이 정착하는 곳이 너희 할아버지 건강원이야."

"정말요?"

늘 술에 취해 있던 할아버지 모습이 떠올랐다.

"그래. 너희 할아버지가 강력한 아우라로 이동자들을 모

아놓곤 했어. 나 역시 그렇게 해서 너희 할아버지에게 갔단
다."

"할아버지는 여기에 언제 오셨길래요?"

"몰라. 평행우주에서는 시간의 흐름이 달라. 그래서 외
양은 노인이지만 몇 살인지 아무도 모르지. 어느 우주에서
오셨는지도 비밀이야. 사실 그건 중요하지도 않지만."

아저씨는 이어서 할아버지 곁에 있던 수많은 이동자의
이야기를 들려주었다. 어떤 이동자는 유명한 운동 선수가
되어 올림픽에서 금메달을 땄다고도 했다.

"우리나라 최초로 높이뛰기 올림픽 금메달리스트도 바
로 이동자였지."

"어? 그 선수 외국으로 이민 가지 않았어요?"

"맞아. 우리나라에서는 자기 능력을 살릴 수 없어서 미
국으로 이민을 갔지. 거기에서는 올림픽 금메달리스트 같
은 인재는 언제든 받아주거든."

"그럼 혹시 우리가 아는 뛰어난 선수들은 다⋯⋯."

"아니다. 대부분의 이동자는 조용히 숨어서 지낸단다,
남들 눈에 띄지 않으려고. 너희 할아버지도 일부러 그렇게
술을 마시는 거야. 술에 취해 있으면 사람들이 주목하지 않
거든. 술을 안 마시면 이동자 아우라가 무척 강하게 드러나

는 모양이더라고. 그래서 늘 알코올로 그 아우라를 죽이는 거야."

할아버지에게 그런 비밀이 있을 줄은 전혀 몰랐다.

"그럼 이동자들은 언제부터 지구에 왔어요?"

"그건 나도 몰라. 어쩌면 우주가 생기면서부터 아닐까? 다양한 능력을 가진 사람들이 사실은 인류 역사의 많은 부분에서 역량을 발휘했단다. 시대의 영웅은 대부분 이동자들이었어."

"영웅이라면?"

"칭기즈 칸이 대표적인 이동자지."

"예?"

"대제국을 건설한 사람은 다 이동자야. 알렉산더 대왕, 심지어는 나폴레옹까지도……."

"헐, 말도 안 돼요!"

"생각해봐라. 나폴레옹이 책을 많이 읽어서 천재라고 하지만 사실 그는 이미 그가 있던 우주에서 스스로가 갖춘 능력과 사상을 이곳에 가져온 거야. 그리고 공정하게 행정을 개혁하고 법전까지 만들었잖니? 그런 업적은 이 지구에서 개인이 혼자 이루기는 어려운 거란다."

나폴레옹의 업적은 정말 엄청난 것이긴 했다. 그로 인해

전 세계에 정치혁명이 퍼져나갔고 영국의 산업혁명에 의한 경제 대변혁으로 새로운 세계가 만들어졌다. 적국까지도 그의 영향을 받았을 정도였다.

"사실 멀리서 찾을 것도 없지. 너만 봐도 이렇게 빠르게 회복되는 게 상식적으로 말이 안 되잖니."

아저씨의 말에 다시 거울을 봤다. 분명 몇 분 전까지 상처의 흔적이 있던 자리가 매끈해져 있었다.

"헉!"

"평범한 인간들이 그런 위업을 이루기도, 너처럼 빠르게 회복하기도 어려워. 평행우주에서 왔기 때문에 가능한 거지."

"와, 정말 놀라워요."

"지구에선 다른 별에서 온 생명을 외계인이라고 부르지."

"ET 같은 건가요?"

"그렇지. ET 같은 외계인도 있지만 그건 거리가 너무 먼 철도에서 건너온 셈이라 할 수 있고. 가까운 평행우주에서 온 생명은 우리처럼 인간과 비슷한 모습이지. 거리가 멀수록 형태나 물리적 외양이 달라져."

그날 오후 해가 떨어질 무렵이 되자 안태의 몸은 거의

완벽하게 회복되었다.

"그런데요, 제가 왜 애들한테 맞은 거죠? 강하면 이렇게 당하지 않아야 하는 거 아니에요?"

"그게 말이다. 너의 그 초능력이 아직은 한계가 있는 것 같다."

"한계요?"

"이동자들의 근력이나 신진대사는 지구에 머무르며 오랫동안 적응한 만큼 그 기능이 촉발되는 데는 시간도 필요하지만, 사실 진짜 강력하게 증폭시키려면 같은 평행우주에서 온 물건이 있어야 해."

"평행우주에서 온 물건이요?"

"그 물건이 있으면 그의 에너지와 너의 에너지가 공명을 일으켜서 무한히 증폭이 되거든."

무슨 말인지 안태는 알 수 없었다.

"자, 자. 그 얘기는 나중에 하자. 이제 좀 회복되었으니 훈련을 계속하자. 네가 또 맞는 건 나도 못 참겠다. 자기 몸은 스스로 지켜야지, 소위 이동자라면 말이야."

아저씨는 더욱 강한 방식으로 안태를 훈련시켰다.

"자, 이번에는 폐활량이 얼마나 늘었는지 보자. 이 물통으로 들어가봐."

여러 번 해본 훈련이었다. 안태는 물통으로 들어가 숨을 참고 머리를 집어넣었다. 일반적인 인간이라면 오 분도 견디기 힘들지만, 안태는 십오 분을 견딜 수 있었다.

"푸아!"

안태가 물 밖으로 고개를 들고 가쁜 숨을 내쉬자 아저씨가 말했다.

"이십 분 이상은 되어야 하는데 이게 너의 한계인 것 같구나. 네가 중력이 다섯 배 센 곳에서 왔기 때문에 이곳에서의 신체 능력이 수십 배로 강화돼야 하는데, 너는 아직까지 두세 배밖에 강화되지 않은 것 같다. 그러니 열일곱 명과 싸우면 이길 수가 없지. 싸우는 게 좋은 게 아니다만 스스로는 지켜야 하지 않겠냐. 분명히 네 주위에 우주의 물건이 있을 거야."

"제 주위라면…… 우리 집일까요?"

"그건 알 수 없지. 운명이 허락하면 그 물건을 손에 넣을 거고, 아니면 어쩔 수 없는 거지."

아저씨의 말에 안태는 갑자기 불안해졌다. 그날 농막에서 잠들기 전, 안태는 혹시 쓰레기를 버리면서 평행우주의 물건이 딸려 간 건 아닐까 하는 생각에 괴로웠다. 이왕 깨닫게 된 초능력이라면 최고치로 끌어올리고 싶었다.

평행우주의 물건

일주일은 평화롭게 지나갔다. 학교에서 아무도 안태를 건드리지 않았다. 세븐틴 멤버 준석, 문수, 우람, 세문이 모두 병원에 입원했다는 사실이 알려졌기 때문이다. 안태의 머릿속에는 오로지 자신의 에너지를 올려줄 물건에 대한 생각이 떠다녔다. 거듭되는 수련을 하다 보니 이상하게도 진열과 같은 인간에게 증오심을 키우는 게 무의미하다는 생각이 들었다.

'우주에서 온 내가 저런 자식들과 이렇게 싸우는 게 맞는 거야?'

물론 그러다가도 쓰레기장이 되었던 집과 울상인 할머니, 할아버지를 생각하면, 무엇보다 죽은 정식을 생각하면 안태의 마음속에서는 다시금 증오의 불꽃이 활활 피어올랐다.

'아니, 용서할 수 없어. 반드시 응징할 거야, 이 녀석들을……. 정의를 실현하고야 말 거야.'

그때였다. 할머니의 문자가 왔다.

안태야, 보고 싶다.

오늘은 집에서 자라.

수업을 마치고 학교에서 나와 안태는 곧바로 집으로 갔다. 오랜만에 찾은 집은 말끔하다 못해 휑했다.

"할머니, 집이 왜 이래요?"

"아, 쓸데없는 물건은 다 버렸단다."

둘러보니 할머니가 시집올 때 가져왔다는 작은 잡동사니들과 할아버지 책상을 빼고는 대부분 사라져 있었다. 책장 가득히 꽂혀 있던 알 수 없는 동양철학책을 비롯해 잡다한 것들 모두 보이지 않았다. 곧 이사할 집처럼 보였다. 할머니는 모처럼 손자가 왔다고 안태가 좋아하는 계란말이와 된장찌개를 해주었다. 오랜만에 할아버지, 할머니와 다정히 밥상 앞에 앉으니 안태는 문득 삼촌 생각이 났다.

"삼촌도 같이 먹으면 좋은데."

"그러게 말이다. 안 그래도 너희 삼촌 주려고 반찬 담아 놨어. 이따가 밥 먹고 건강원에 들러 삼촌한테 주고 올래?"

"네, 그럴게요."

안태는 그동안 삼촌에게 너무 무심했다는 생각이 들었다. 오늘은 삼촌에게 임씨 아저씨로부터 들은 이야기를 하며 이동자의 삶이 어떤 것인지 물어봐야겠다고 생각했다.

생각해보면 이상한 게 많았다. 삼촌은 어렸을 때부터 근육병 환자라고 했지만 병원에는 가지 않았다. 그저 쇠약한 몸으로 휠체어를 타고 다닐 뿐이었다. 그런데 또 머리가 명석해서 의학책이나 약학책을 보는 족족 전부 외웠다. 그렇게 한약 재료에 대한 지식을 모두 익혀서 건강원을 차리고 운영하게 되었던 것이다. 필요한 약 재료나 뱀, 염소 같은 것을 땅꾼들이나 약초 재배상이 가져오면 그게 무엇이든 조합해서 약으로 만드는 게 삼촌의 능력이었다.

식사를 마치고 안태는 할머니가 챙겨준 반찬 그릇과 일회용 통을 쇼핑백에 담아 집을 나섰다.

"다녀올게요, 할머니."

"그래, 다녀와. 오늘은 여기서 자고."

안태는 버스를 타고 시내로 나와 가게들이 대부분 문을 닫은 구도심 쪽에 위치한 시장 입구로 들어섰다. 머릿속에는 아직 이해하지 못한 평행우주의 개념이 뒤섞여 어지러웠다. 유튜브와 인터넷을 통해 아무리 공부해도 말이 안 되는 것 같았다.

평행우주는 우리가 사는 우주와 같은 조건 혹은 유사한 조건으로 존재하는 세계다. 이게 사실이 되려면 우주는 다중 우주여야 한다. 마치 아파트 십이층에 사는 사람은 십이층만이 아파트라고 생각할 수 있지만, 위아래로 수십 층의 똑같은 집이 있는 것과 같다. 평행우주는 동시에 존재하는 두 개 혹은 그 이상의 우주였다.

'지금 이곳의 일이 우리가 모르는 어딘가에서 동시에 벌어진다고?'

안태는 자기도 모르게 좌우를 둘러봤다. 다중 우주에서는 내가 어떤 선택을 하거나 움직이면 그 순간 내 선택이나 방향에 따라 다른 우주가 파생한다는 것이었다.

'그럼 이 세상엔 수억, 수조 개의 우주가 있다고?'

머리가 더 복잡했다. 그때였다. 멀리서 사이렌 소리가 들리기 시작했다. 이윽고 소방차가 요란한 소리를 내며 지나갔고, 사람들이 웅성거렸다.

"불났나 봐!"

"어디지? 어디서 불이 났지?"

"빨리 가보자!"

새삼 사람들이 무정하다는 생각이 들었다. 불구경과 싸움 구경을 그토록 재밌어하는 게 인간의 본능인 것 같았다. 그런데 시장 쪽으로 향하는 사람들을 보니 안태의 마음이 불안해졌다. 불길한 예감이 들었다.

'빨리 가봐야겠다.'

안태는 삼촌이 걱정되어 쇼핑백을 들고 허둥지둥 시장 쪽으로 달려갔다. 사람들은 시장 밖으로 빠져나왔는지 입구가 북적이고 있었고, 경찰이 주변 교통을 통제하고 있었다. 가까이 다가가보니 불난 곳은 바로 건강원이 있는 상가 건물이었다. 활활 타오르는 불이 시커먼 연기를 꿀럭꿀럭 뿜어내며 번지고 있었고, 소방대원들이 진화를 위해 진입하려는 모습이 보였다. 건강원 창문에서도 연기가 쏟아져 나왔다. 아무래도 화재가 건강원에서 발생한 것 같았다.

"삼촌! 삼촌!"

안태가 시장 안쪽으로 뛰어들려 하자 소방대원들이 안태를 막았다.

"안 돼, 위험해!"

"우리 삼촌이 저 안에 있어요, 삼촌이 있다고요!"

안태가 아무리 소리를 지르고 발버둥을 쳐도 어쩔 수 없었다. 소방대원들이 진입했지만, 이미 불덩어리가 치솟으며 사방으로 연기를 뿜어내고 있었다.

"으아아! 삼촌!"

삼촌은 건물을 탈출하지 못했을 것이 분명했다. 건강원 한쪽 구석 쪽방에서 잠을 자며 휠체어로 움직이는 삼촌이었다. 안태는 정신이 나가 부르짖었다.

"삼촌! 살려줘요. 우리 삼촌 살려줘요!"

한 시간이 지나 모든 불이 진화되었다. 소방대원들은 건강원 안에서 불에 탄 삼촌의 시체를 꺼냈다. 이층에 있던 상가 사람들은 대부분 가게를 내놓았거나 재빨리 빠져나와 그 건물에서 죽은 사람은 삼촌뿐이었다. 온통 시커멓게 그을린 건물 외벽을 안태는 넋을 놓고 바라보았다. 뒤늦게 연락을 받고 달려온 할아버지와 할머니가 땅을 치며 오열했다.

"아이고오오! 아이고오오! 명식아! 아이고!"

소방대원이 조심스레 할머니, 할아버지 곁에 다가와 말했다.

"유족 여러분, 신목병원으로 가십시오. 그곳에 영안실이 있습니다."

한꺼번에 쏟아지는 불행 앞에서 안태는 할 말을 잃었다.

할머니, 할아버지와 어떻게 병원까지 갔는지 기억나지 않았다. 안태는 텅 빈 눈으로 죽은 삼촌의 시체를 보며 의사의 사망선고를 들어야 했다.

"사망 추정 시간은 칠월 이십구일 오후 여섯시 사십분으로 추정됩니다. 우명식 씨의 사망을 선고합니다."

담당 의사는 냉정하게 이야기했다. 화재로 인한 사망이 분명했다. 경찰은 화재 원인을 찾는다며 불탄 건강원 입구에 출입 금지 테이프를 둘렀다.

영안실의 차가운 냉장고로 들어가는 삼촌을 보며 안태는 눈물을 흘렸다. 이제 비로소 삼촌을 이해할 수 있고, 삼촌과 대화할 수 있었다. 그런데 그 순간 삼촌은 떠나버린 것이다.

'삼촌, 차라리 잘됐어. 삼촌이 왔던 곳으로 돌아가.'

평행우주를 알게 된 뒤, 안태는 죽음이 사라지는 것이 아니며 다른 세계로 옮겨가는 것이라는 진실을 조금은 믿게 되었다. 어딘가에서 삼촌은 또다시 다른 궤로를 가고 있는 평행우주 속 버그가 되어 살아갈 것이라고 생각했다.

'이번에는 삼촌의 몸에 맞는 중력이 있는 별로 가. 거기에서 정식이를 만나면 좋겠네.'

그것이 끝이었다. 연이어 벌어지는 어마어마한 사건 앞

에서 안태는 자신이 어떻게 해야 할지 알 수 없었다. 경찰관이 다가와서 이것저것 물었지만, 안태는 허깨비가 말하듯 건성으로 대답하고 말았다.

생활의 달인

고깃집 뒷마당에는 커다랗게 수돗가가 자리 잡고 있었다. 사장님이 직접 벽돌을 쌓고 방수 콘크리트를 발라 만든 아주 튼튼한 수돗가였다. 이곳에서 불판을 닦는다고 했다.

'신목육겹살'은 신목 시내에서 가장 장사가 잘되는 식당이었다. 삼층 건물 전체가 돼지고기와 소고기를 파는 식당이었고, 널따란 주차장이 있었다. 주 메뉴가 육겹살이라 식당 이름에도 육겹살이 붙었다. 육겹살은 제주도 오겹살에 치즈를 한 겹 더 얹어서 먹는 레시피로, 사장님이 개발했다고 했다. 조금은 낯선 육겹살이란 메뉴가 눈길을 끌었지만 무엇보다 맛이 좋아 유명해진 곳이었다. 제주에서 직접 공수해 온 오리지널 흑돼지만 취급한다는 소문이 나서 신목에 사는 사람 중 이곳에서 외식 한번 안 해본 집이 없을 정도였다. 안태는 오후 여섯시부터 이곳에서 아르바이트를 했다. 안태에게 맡겨진 임무는 끊임없이 쏟아져 나오는 불판을 닦는 일이었다.

"학생이 할 수 있을까?"

안태가 아르바이트 면접을 보는 날, 사장님은 의심스러운 듯이 여리여리한 체구의 안태를 바라보았다. 옆에서 나서서 대답을 대신한 이는 민규였다.

"아빠, 걱정하지 마세요. 안태가 작고 약해 보여도 힘이 엄청 세요."

"그래? 운동한 몸으로 보이지는 않는데……."

사장님은 여전히 못미더운 듯했지만 금세 사람 좋아 보이는 미소로 고개를 끄덕였다.

"그래, 힘닿는 데까지 해봐라. 너무 무리하지는 말고! 저기 우리 매니저한테 가서 인사하고 불판 닦는 법 배워."

"감사합니다."

그렇게 안태는 민규네 식당에서 아르바이트를 시작하게 되었다.

불판 닦는 방법은 간단했다. 흐르는 물 아래 지저분해진 고기구이 판을 놓고, 철물점에서 파는 쇠솔로 박박 닦는다. 그렇게 해서 큰 오염이 제거되면 조금 부드러운 초록색

수세미를 이용해 세제를 묻혀 닦고 물로 헹군다. 중요한 건 다음 단계인데, 씻고 난 마른 불판을 휴대용 가스레인지에 올려 살짝 달궈서 식용유를 발라 코팅하는 것이다.

민규는 아르바이트 출근 첫날 식당에 온 안태에게 용서를 빌며 눈물을 흘렸다.

"미안해. 내가 너무 늦게 사과한다."

"뭐?"

"내가 너 두들겨 맞게 하고, 그때 그 사건 때문에 정식이가 죽고……. 정말이지 너무 괴로웠어."

그러고 보니 어쩌면 민규가 가장 괴로웠을 수도 있었다. 세븐틴 무리의 위협에 못 이겨 안태와 정식을 불러낸 것도 민규였고, 겁이 많아서 시키는 대로 하는 바람에 큰 사건이 터지는 도화선 역할을 했으니 말이다.

"네가 무슨 잘못이 있냐. 진열이가 나쁜 놈이지."

안태는 이미 다 지나간 일이라고 생각했다.

"아니야. 그래도 어떻게든 못 한다고, 안 된다고 했어야 했는데……."

겁 많고 소심한 민규가 어쩔 수 없었으리라는 건 안태가 너무 잘 알고 있었다. 학교에서 안태를 보는 눈빛에 미안해서 어쩔 줄 모르는 마음이 서려 있는 것 역시 모르지 않았다. 아마 민규는 그 마음을 그저 품고만 있지 말고 돌려줄 결심을 한 것 같았다. 어떻게든 안태에게 도움을 주겠다는 다짐이었다.

건강원에 화재가 일어났을 때 민규는 영결식장까지 따라왔다. 할아버지와 할머니는 삼일장도 필요 없다며, 경찰에서 모든 행정적인 절차가 완수되자 화장을 하기로 결정했다. 아무도 없는 영안실 입구에 안태가 혼자 앉아서 눈물을 흘리고 있을 때 아디다스 운동화가 보였다. 고개를 들어보니 민규였고, 손에는 흰 봉투 하나가 들려 있었다.

"뭐냐?"

"너희 삼촌 돌아가셨잖아. 우리 아버지가 친구 어려운 일 겪으면 이렇게 부조하는 거래."

안태는 부의금을 받을 처지도 아니었다. 문상객들에게 식사 대접도 없었기 때문이다. 민규는 부의금을 의자 옆에 놓아두고, 연신 한숨을 쉬며 눈물만 흘리는 안태를 바라보면서 어쩔 줄 몰라 했다.

"뭐라고 위로해야 할지 모르겠다. 미안하다."

"네가 왜……. 삼촌만 불쌍하지."

안태가 주먹을 들어 눈물을 닦았다.

"어떡해. 너희 집 건강원으로 먹고살았잖아."

그랬다. 이 슬픔이 가시면 이제 그것이 가장 큰 고민이 될 터였다. 건강원에서 삼촌이 벌어오는 돈으로 할아버지, 할머니 그리고 안태가 생활했다. 그런데 삼촌이 이렇게 세상을 떠나고 건강원도 불타버린 것이다.

"어떻게든 되겠지."

안태는 애써 태연한 척했다.

그날 오후, 병원에서 주선해주는 장례 절차에 따라 최소한의 형식으로 장례를 치렀다. 영안실에서 나온 안태네 가족들은 화장장으로 갔고, 두 시간 뒤 화장터에서 작은 뼛가루함을 받아 들었다.

"흑흑!"

할아버지는 탁한 목소리로 잠시 흐느끼며 눈물을 흘렸지만, 그걸로 끝이었다. 안태는 이미 알고 있었다. 이 집안에서 피가 섞인 사람은 아무도 없다는 것을. 하지만 오랫동안 같이 산 정은 피보다 진했다. 모두 슬퍼하는 것 말고는 할 수 있는 게 없었다. 힘들어하며 비틀대는 할아버지와 할머니를 모시고 뼈아픈 신목강에 또 갈 수는 없었다.

"할아버지, 할머니, 택시 타고 집에 가세요. 삼촌 유골은 제가 알아서 뿌릴게요."

할아버지와 할머니는 말없이 고개를 끄덕였고, 얼마 후

택시를 타고 떠났다. 택시가 시야에서 사라지자 안태는 신목강을 향해 터덜터덜 걷기 시작했다.

그때 저만치에서 검은 셔츠를 입은 민규가 또다시 나타났다.

"안태야, 어디 가니?"

"삼촌 보내드리러."

안태가 들고 있는 작은 나무 상자를 보자 민규는 정말 괴로워했다.

"미안해, 나 때문에."

"왜 너 때문이냐, 화재로 그렇게 된 건데. 미안하다고 그만 말해."

안태는 그의 사과를 그저 정식의 일 때문에 갖는 죄책감이라고 생각했다. 그것 외에 생각해보거나 의심할 여지가 없었다. 민규와 함께 강 쪽으로 걷던 안태는 문득 민규가 던진 말에 정신을 차렸다.

"정식이 때 너처럼 나도 같이 뿌려드릴래. 나 그거 몰래 숨어서 봤어."

그 순간 안태는 생각했다. 삼촌은 평생 집 밖을 제대로 나서본 적이 없었다. 휠체어를 타고 갈 만한 곳이 별로 없었기 때문이다. 차원시에 살 때도 승강기나 경사로가 없어서 삼촌은 외출하기가 힘들었다. 어쩌다 한 번 안태가 휠체어를 타고 동네 한 바퀴라도 구경시켜주면 아이처럼 즐거워하던 삼촌이었다. 그런 삼촌이 가루가 되어 차가운 강물에 흘러가거나 가라앉는다는 사실을 생각하니, 삼촌을 두번 죽이는 것만 같았다. 안태는 발걸음을 멈췄다. 그길로 버스 정류장을 찾아 한 버스에 올라탔다. 민규도 안태를 뒤따라 버스에 올랐다.

"넌 왜 따라 타냐?"

"너랑 같이 가려고."

둘은 말없이 버스 빈자리에 앉았다. 시외버스였다. 신목시를 빠져나와 읍달산 쪽을 향해 달려갔다. 읍달산은 신목시 외곽에 있는 가장 큰 산이었다. 등산로 초입까지 올라간 버스는 종점에서 멈췄다. 버스에서 내린 두 아이는 작은 골목길을 지나 산길을 올랐다. 양복을 입은 채로 산을 오르는 건 힘들었지만, 삼십 분 뒤 마침내 안태와 민규는 정상에 올라설 수 있었다. 민규는 안태가 왜 여기까지 올라왔는지 알 것 같다는 표정이었다. 안태가 오동나무 상자를 열자 유골 항아리가 보였다. 화장장에서 파는 가장 저렴한, 아무 장식도 없는 항아리였다.

"삼촌, 평생 답답했죠? 이제 훨훨 날아다니세요."

안태는 흰 장갑 낀 손을 항아리에 집어넣고 조심스레 뼛가루를 한 줌 쥐었다. 그러고는 산바람이 불어오기만 기다렸다. 일이 분 정도 기다리자 바람이 불기 시작했다. 바위 위에 올라선 안태는 팔을 높이 들어 올려 바람결에 따라 삼촌의 유골을 뿌리기 시작했다. 삼촌의 조각들이 그렇게 바람에 날렸다. 뼛가루는 삼촌의 영혼인 듯 골짜기를 향해 안개처럼 흩어져 사라졌다. 삼촌은 그렇게 바람이 되었다.

그 모습을 지켜보던 민규는 아무 말도 하지 못했다. 안태는 그런 민규에게 유골 항아리를 건네주었다.

"나도 뿌려도 돼?"

안태는 말없이 고개를 끄덕였다. 민규는 떨리는 손으로 뼛가루를 허공에 날렸다.

잠시 후 유골함을 탈탈 털어 말끔히 비운 뒤 말없이 눈물만 흘리던 안태는 빈 오동나무 상자와 항아리를 들고 산을 내려왔다. 마을 초입의 작은 암자 담벼락에 쓰레기 소각장이 있었는데, 그곳에 상자와 항아리를 던져버렸다. 삼촌이 없는 빈 유골함은 그저 재활용 쓰레기일 뿐이었다. 며칠 뒤 민규는 자신의 아버지에게 아르바이트생으로 안태를 소개했다.

안태는 금세 아르바이트에 적응했다. 하는 일이라고는 물에 불린 고깃집 불판들을 쇠솔로 긁어내는 것뿐이었다. 새까맣게 타서 엉겨 붙은 기름과 고기에 찌든 때를 문질러대는 것은 여간 힘이 들어가는 일이 아니었다. 오래 일한 매니저 아저씨의 몸에는 근육이 발달해 있었다.

"그 몸으로 할 수나 있겠니? 음, 이거 한번 닦아봐라."

매니저는 물에 담가뒀던 불판을 꺼내 안태에게 내밀더니 다른 불판을 잡고 시범을 보여주었다.

"이렇게 쇠솔로 힘껏 닦으면 되는데, 너무 세게 닦으면 불판이 상하니까 찌든 때를 벗겨낼 정도로만 적당한 힘을 주어야 한다. 이게 요령이야."

"이렇게요?"

안태는 곧바로 불판을 쇠솔로 쓱 밀었고, 놀랍게도 한번에 찌든 때가 밀려나갔다.

"오, 너 소질이 있는 거 같다."

그도 그럴 것이, 불판 닦는 건 전완근과 이두박근 그리고 삼두박근은 물론 몸의 코어근육 전체에 힘을 줘야 하는 일이었다. 안태의 근력은 누구보다 강했다. 순식간에 이삼십 개의 불판을 닦아 물로 씻은 뒤 한쪽에 가지런히 세워놓는 안태의 재빠른 모습을 보자 매니저는 깜짝 놀랐다.

"괴물 같은 녀석이 들어왔네. 네 덕에 좀 편해지겠다."

그때부터 안태의 전설이 시작되었다. 안태는 많은 양의 불판을 누구보다 빠르게 그리고 제대로 닦아내기 시작했다. 이전에는 단체 손님이라도 오면 수십 개의 불판이 한꺼번에 쌓여 감당하기 어려웠다. 컨베이어벨트 위 물건처럼 닦아내야 하기에, 두 시간이면 교대를 하거나 자정이 넘도록 일해야 했다. 그러나 안태는 다른 알바생이 할 일이 없을 정도로 모든 불판을 빠르게 닦아버렸다. 지치지도 않는 안태의 모습에 매니저는 연신 감탄을 내뱉었다.

"이 녀석, 아주 기계야, 기계."

안태 덕분에 다른 아르바이트생을 쓰지 않게 되었다고 사장인 민규 아버지는 안태의 시급을 훌쩍 높여줬다. 큰돈은 아니었지만 안태의 살림살이에는 제법 보탬이 되었다. 그리고 무엇보다 그렇게 정신없이 일을 하면 안태의 가슴속 불이 잠시 식는 듯했다.

"안태야!"

어느 날, 열심히 불판을 닦고 있던 안태를 민규가 불렀다. 민규는 산더미처럼 쌓여 있는 불판을 보고 입이 떡 벌어지게 놀랐다.

"와, 너 이걸 다 닦는 거야?

"응."

"하긴, 너 세븐틴하고도 맞짱 뜨고 그랬지."

"……."

"너 진짜 힘이 장사구나."

"걔들한테 나 여기서 일한다는 얘기 하지 마."

"당연하지. 그리고 나 사실은 정식이랑 중학교 때 친구야."

처음 듣는 말이었다.

"그때는 친했는데 정식이가 너랑 친해진 뒤로 나랑은 조금 멀어졌어."

"아, 그랬구나. 근데 넌 왜 왔어? 학원 안 가?"

"응, 오늘 우리 아빠 생신이라 여기에서 가족들 모이기로 했거든."

그때 식당 안에서 민규를 찾는 소리가 들렸다.

"민규야, 들어와."

"응, 알았어!"

민규가 식당 안으로 들어간 뒤 안태는 쌓여 있는 불판을 빠른 속도로 닦아냈다.

안태의 능력이 소문나자 다른 고깃집에서 구경도 왔다. 민규 아버지의 친구인 다른 식당 사장님들은 네댓 사람의

몫을 하는 안태의 모습을 보고 박수까지 보냈다. 식당 입구에 놓인 커피 자판기에서 커피를 뽑던 손님이 안태를 보고 놀라는 일도 있었다.

"와, 학생 〈생활의 달인〉에 나가야겠어."

진열의 복수

두부 공장이 들썩들썩했다. 폐업한 그곳이 다시 생명을 찾은 듯 다른 분위기였다. 낡고 지저분한 그곳을 누군가가 깔끔히 비질도 하고 있었다. 잠시 뒤에는 레드카펫까지 깔렸고, 여기저기서 주워 온 식탁이나 탁자 위에 하얀 모조지를 씌워 나름 깔끔하게 꾸며놓았다. 이 정도면 파티 장소가 될 만해 보였다.

오늘은 진열의 생일이었다. 세븐틴 무리는 진열의 생일을 축하하기 위해 오래전부터 준비했다. 한 명당 백만 원씩 상납금을 내야 했기에 분주하게 움직여야 했다. 세븐틴 멤버들은 각자 자기가 있는 학교나 학급에서 일진이었고, 그들의 아래 또 다른 무리가 있었다. 그들은 세븐틴 멤버에게 돈을 상납했고, 그들 아래 있는 중학생이나 초등학생들에게서 돈을 뜯어냈다. 일이만 원부터 십만 원까지, 걷고 또 걷어서 백만 원을 만들면 진열을 위해 생일 선물을 준비하는 시스템이었다. 철저한 피라미드 구조였다. 세븐틴이 오늘 하루 제대로 돈을 걷어 온다면 무려 천칠백만 원의 돈이 걷히는 것이었다.

진열은 고등학생 신분이었지만 이미 사회의 피라미드 구조와 철저한 약육강식 시스템을 알고 있었다. 녀석이 그렇게 된 데에는 아버지의 영향도 컸다. 그의 아버지는 금테 안경을 쓴 눈으로 희번덕거리며 자주 말했다.

"이 사회는 강한 놈만 살아남는다. 너는 나보다 더 강한 자가 돼야 해. 이 신목을 너의 것으로 만들어야 해!"

그건 폭력을 쓰거나 싸워서 이기라는 의미가 아니었다. 영향력을 갖고 거물이 돼라는 의미였다. 하지만 어린 진열은 주먹을 휘둘러 주변 사람을 군림하는 것으로 받아들였다. 그렇다 보니 간혹 사고를 쳤는데, 그때마다 그의 아버지는 일이 번지지 않게 막아줬다. 놀랍게도 그는 아들이 폭력의 세계를 경험해봐야 나중에 회사를 물려받아 조직을 이끌 수 있다고 생각하고 있었다. 가끔 술에 취하면 진열에게 말했다.

"삼국지의 조조가 어떤 사람인지 알아? 조조는 강력한

무력을 가진 사람이야. 말 안 듣는 놈들은 그 자리에서 모가지를 쳐버리지. 머리만 좋다고 다가 아니야. 말로만 떠들고 머리 쓴다는 놈들 배에 총알이 박히거나 목이 날아가면 다 끝이야. 너는 강한 사람이 되어야 해.”

그게 진열의 아버지가 아들을 기르는 방식이었다.

이윽고 밤 여덟시가 되자 세븐틴 무리는 모두 옷을 차려입고 두부 공장으로 모여들었다. 여자 친구를 데려온 녀석들도 있어 서른 명 가까운 이들이 모여 웅성댔다. 각자 구해 온 술이 종류별로 테이블 위에 놓여 있었다. 알록달록한 포장지에 감싸져 수북이 쌓인 선물을 보니 오늘의 파티가 얼마나 화려할지 짐작이 갔다.

그때, 누군가 외쳤다.

“진열이 온다!”

순간 두부 공장은 박수와 함성으로 가득 찼다. 자리한 이들 모두가 열렬히 박수를 쳤다. 학년별 일진들은 맨 앞에 나서서 진열을 존경하는 눈으로 쳐다보았다. 커다란 케이크가 앞에 놓이자 누군가가 재빨리 촛불에 불을 붙였다.

“해피 버스데이 투유, 해피 버스데이 투유, 해피 버스데이 디어 진열짱, 해피 버스데이 투유.”

생일 축하 노래가 합창으로 이어지자 진열은 입이 찢어

져라 웃으며 촛불을 훅 불어 껐다.

"진열아, 생일 축하해."

세븐틴의 서열 2위 상철이 나서서 진열에게 먼저 인사
했다.

"자, 다음은 선물 증정이야."

세븐틴 멤버들은 가져온 현금 봉투를 진열의 테이블 위
에 올려놓았다. 봉투가 수북이 쌓이자 진열은 흡족한 듯 고
개를 끄덕였다.

"수고 많이 했다. 가와사키 닌자 오토바이 사는 데 보탬
이 되겠다."

상납한 녀석들은 인정받는 것 같은지 기분 좋아 보였다.

"자, 마시자."

잠시 후 아이들이 피워댄 담배 연기가 공장 안을 가득
채웠다. 이런저런 이야기를 나누고 있을 때 진열이 말했다.

"너희 요즘 뭐, 애로 사항은 없어? 신목시에서 시비 거는
놈들은 없는 거야?"

기다렸다는 듯 한 녀석이 나섰다.

"아직은 우리 세븐틴이 나서면 꼼짝을 못 하긴 하는데,
그런데도 요즘 수금이 잘 안돼."

"뭐? 왜 수금이 안 돼? 신목은 너희가 다 접수했잖아. 저

번에 안태인지 병태인지 하는 새끼 다리 밑에서 팬 것도 다 그래서 그런 건데.”

그것이 진열과 세븐틴의 목적이었다.

“그게 구목농고 놈들 때문이야.”

상철이 말하자 그 아래 서열인 우람이 반론을 제기하고 나섰다.

“아니야. 농고 새끼들은 신목강 건너편에서 삥 뜯어서 우리하고는 상관없어.”

맞는 말이었다. 구목농고는 신목강 건너 구도시, 신목고는 이곳 신도시를 장악하고 있었다. 영역이 다른 만큼 두 무리가 싸울 일은 없었다.

“그런데 뭐가 문제야?”

“사실 요즘 애들이 이상한 소리를 하고 다녀.”

“뭔데?”

“진열이 네가 안태를 못 꺾는다고.”

“뭐? 어떤 개자식이 그따위 소리를 하고 다녀? 전에 아주 밟아놨는데 뭔 소리냐고!”

진열의 호통에 모두 긴장했다.

“그게 아니고……. 안태가 힘이 엄청 세다고 소문이 났어.”

"그래, 맞아. 그때 우리랑 붙었을 때도 걔만 별로 안 다치고 오히려 우리 애들이 병원에 입원했잖아."

진열의 속이 다시 부글부글 끓어올랐다. 자신의 힘과 권위에 도전하는 자들을 보면 진열은 늘 견디지 못했다.

"에이, 씨발!"

이미 술기운이 조금 올라 있던 진열은 욕설을 내뱉으며 테이블을 엎어버렸다. 옆에서 춤추며 놀고 있던 여학생들이 비명을 질렀다.

"꺅!"

"어머나!"

외장창 소리를 내며 술병과 술잔이 깨지고 파편들이 나뒹굴었다. 상철이 진열을 부추기듯 말을 이었다.

"지금 안태가 민규네 고깃집에서 알바를 하고 있는데 일을 엄청 잘한대. 불판 닦는 일인데 그게 보통 힘으로 되는 게 아니거든. 가서 봤더니 진짜 대단하더라고."

"뭐? 그까짓게 무슨."

"아니야. 내가 예전에 그 알바 해봐서 알아. 그거 다섯 개만 닦아도 근육에 경련이 일어서 부들부들 떨려. 계속 쉬어줘야 해서 많이 할 수도 없을뿐더러 힘이나 요령 없으면 절대 그렇게 못 하거든."

"그런데?"

"안태 그 새끼는 수십 개, 수백 개를 순식간에 닦더라고. 그래서 〈생활의 달인〉에 나와야 된다는 둥 어른들이 다들 박수 쳐가며 일 잘한다고 난리인 모양이야."

옆에서 다른 녀석들도 말을 보탰다.

"맞아, 나도 들었어. 다른 가게 두 곳의 불판도 맡아서 닦고 있대."

"뭐? 그게 말이 돼?"

"처음엔 민규 자식 말만 듣고 무시했는데, 우리 아버지 친구들도 같은 얘길 하더라고. 그 자식이 뭐라고 입이 마르도록 칭찬을 하고 다닌대. 그리고 애들이 지금 막……."

상철이 하던 말을 멈추고 입을 다물자 진열이 사납게 물었다.

"애들이 지금 뭐! 왜 말을 하다 말아!"

"아니……. 애들이…… 언젠가 안태가…… 너를 꺾을 거라고……."

"뭐? 나를 꺾어? 이 자식이!"

진열이 주먹을 날리자 상철은 그의 움직임을 예상한 듯 슬쩍 물러나며 소리치듯 말했다.

"아니! 내가 그렇다는 게 아니라 다른 애들이 그런 말을 하고 다닌다고."

"이런 미친. 너 하던 말 마저 해봐."

상철이 머뭇거리며 입을 열었다.

"언젠가 안태가 일진이 될지도 모른대."

진열은 폭발하듯 자리에서 벌떡 일어나 거의 울부짖는 소리를 내며 말했다.

"이 새끼! 이 동네에서 반드시 쫓아내버릴 거야. 아니, 죽여버릴 거야!"

그 시간, 안태는 아무것도 모르는 채 일당을 주급으로 받았다. 다른 식당 일까지 받으니 일주일 만에 백만 원 가까운 돈을 벌 수 있었다. 단순한 소문뿐만 아니라, 누군가 SNS에 안태가 번개같이 철판을 닦아내는 모습을 영상으로 찍어 올렸고 화제가 됐다.

그날도 밤 열시가 되어 안태는 닦아놓은 불판이 다음 날 장사를 하기에 충분한 것을 확인하고 퇴근길에 올랐다.

"사장님, 가보겠습니다."

"그래, 안태야. 수고했다. 네 덕에 장사가 너무 잘된다."

식당은 아직 고기 구워 먹는 사람들이 피워대는 연기로 희뿌연했다. 저 불판들은 다음 날 안태의 손에서 씻길 녀석들이었다.

그렇게 퇴근한 안태가 집에 들어가자 할머니, 할아버지가 아직 잠자리에 들지 않고 안태를 기다리고 있었다.

"할머니, 할아버지 다녀왔습니다. 이거 받으세요, 아르바이트비예요."

안태가 돈이 든 봉투를 내밀자 할머니는 무척이나 고마워했다.

"아이고, 안태야 고맙다. 네가 공부해야 되는데 이렇게 일이나 하고."

"아니에요, 할머니. 공부는 학교에서 하면 돼요. 삼촌이 없으니까 저라도 이렇게 해야죠."

"너무 미안하다, 안태야. 참, 오늘 경찰이 와서 이걸 주고 갔다."

수사종결 통지문이었다. 건강원 화재는 전기 누전에 의한 것이라고 쓰여 있었다. 안태는 그저 힘없이 통지문을 덮은 뒤 인사했다.

"할아버지, 할머니. 안녕히 주무세요."

"그래, 잘 자라."

안태는 일찍 씻고 자리에 누웠다.

불판을 닦은 뒤 안태는 자신의 코어근육이 더 좋아지는

것을 느꼈다. 하루가 다르게 온몸에 근육이 붙는 느낌이 들었다. 안태는 누운 채로 허공에 몇 차례 주먹을 휘둘렀다. 반복하자 점점 보이지 않을 정도로 빠르게 휘두르게 되었다. 속도가 전보다 빨라진 것 같았다. 이 속도에 펀치력까지 기른다면 분명 진열에게 복수할 수 있을 것 같았다.

금고 속 검은 돌

금요일 5교시 시험을 끝으로 중간고사가 모두 끝났다. 후련한 마음으로 학교에서 나온 안태가 신목시장 쪽으로 걷고 있었다.

"안태야!"

누군가 갑자기 등을 퍽, 떠밀었다.

"뭐야?"

고개를 돌렸더니 민규였다. 민규의 양손엔 아이스크림이 한 개씩 들려 있었고, 그중 하나를 안태 앞으로 불쑥 내밀었다.

"이거 먹어!"

"응, 고맙다. 집에 가자."

안태는 민규에게서 받아 든 아이스크림의 껍질을 까며

걸음을 이었다. 한 입 베어 문 아이스크림이 달콤했다.

정식이 죽은 뒤 민규와 안태는 조금씩 친해졌다. 자신의 잘못으로 정식이 잘못되었다고 생각해서인지, 또 자신 때문에 안태에게 거듭 불행이 닥친다고 생각해서인지 민규는 적극적으로 안태와 친해지려 했고, 돕기 위해 나섰다. 삼촌의 유골을 함께 뿌리고 온 뒤로 안태도 민규에게 완전히 마음을 열었다. 생계에 도움이 되는 아르바이트도 하게 해준 만큼 안태도 민규에게 고마운 마음이 컸다.

"건강원 화재 결과는 나왔어?"

민규의 물음에 안태는 수사결과 통지서가 떠올랐다. 건강원이 있는 건물의 화재 원인은 전기 누전이라고 했다. 건강원의 건물주는 안태의 할아버지에게 말했다.

"그동안 못 낸 월세로 보증금 다 삭감되었으니, 이참에 가게 비워주세요."

"예, 죄송합니다."

할아버지는 죄송하다는 말만 연신 해댔다. 그동안 제때 월세를 내지 못해 주인에게 미안했는데, 화재까지 나는 바람에 피해를 준 것 같아서였다.

"화재의 책임은 묻지 않겠습니다. 어차피 건물 리모델링을 해야 하니 그냥 받아들이기로 했어요."

차가운 세상이지만 가끔은 좋은 사람도 있었다. 안태는 집과 가게의 주인을 떠올리며 그런 생각을 했다. 안태는 주인에게 고마운 만큼 건강원 자리를 깨끗이 비워주고 싶었다. 화재가 난 뒤 방치된 건강원을 정리하러 가야 했다. 그 문제를 고민하고 있을 때 민규가 말했다.

"우리 아빠한테 물어볼게. 청소업자 아실 거야."

"화재 청소를 하는 사람이 있어?"

"그럼. 식당은 워낙 화재에 취약해서 경험이 있는 친구분들이 많아. 전문 청소 해주는 곳에 연락하면 될 거야."

민규가 자기 아버지에게 말해두었는지, 그날 저녁에 식당에 갔을 때 사장님은 안태에게 다정하게 물었다.

"안태야, 너희 삼촌이 하던 건강원 불난 거 아직도 정리가 안 됐지?"

"네."

"내가 업자 알고 있다. 특수 청소 하는 사람들인데 건강원이 그리 넓지 않으니 큰돈 받지 않고 청소해준다더라."

"감사합니다, 사장님."

"어린 네가 그런 일을 겪고 또 정리하느라 고생이 많구나."

"은혜 잊지 않겠습니다. 그런데 비용이 얼마일까요?"

"오십만 원이라던데."

"그렇게 싸요?"

"내가 부탁했지."

"감사합니다. 그 정도 돈은 있어요."

안태의 말에 사장님은 고개를 저었다.

"아니야. 내가 내주고, 너는 불판 닦는 걸로 갚아."

세상 고마운 사람이 또 있었다. 하늘은 안태의 세상이
마냥 차가워지도록 놔두지 않았다. 안태는 더 열심히 일해
야겠다는 마음만 거듭 먹었다.

"어린 네가 열심히 하는 걸 보니 측은하고 내가 어렸을
때 고생하던 생각도 나서 그런다."

그렇게 약속한 청소 날이 다가왔다. 안태는 특수 청소라
는 게 어떻게 하는 건지 궁금하기도 하고, 화재 현장에서
챙길 것이 있을지도 모른다는 생각에 건강원으로 향했다.
아무리 화재가 났다고 해도 모든 게 재가 되는 건 아니었
다. 발화점 일부만 타고 안쪽에 있는 살림방이나 화장실 등
의 집기는 그을음만 있어 닦아 쓸 만한 게 있을 수도 있었
다. 뭐 하나라도 아껴야 하는 안태에겐 그마저도 아쉬웠다.

신목시장에 들어서자 건강원 앞에 세워진 커다란 트럭

이 보였다. 청소업자들이 시커멓게 불에 탄 잡동사니를 트럭 위에 싣고 있었다. 모두 폐기물 처리장으로 옮겨질 물건이었다.

"학생 왔어?"

"감사합니다. 아저씨들 고생이 많으세요."

안태는 오는 길에 사 들고 온 박카스 한 상자를 건네며 말했다.

"고맙다. 잘 마실게. 이것들은 다 버릴 것들이고, 여기 이쪽에 학생이 좀 봐야 될 물건들 빼놨어."

건강원 안쪽을 들여다보니 시커멓게 타거나 불에 녹아 떨어진 외벽과 가구가 보였다. 온통 검은 먼지가 날리고 있었다.

"안태야, 이거 써. KF94야."

자기도 돕겠다며 따라온 민규가 안태에게 마스크를 건네주었다. 마스크를 받아 쓰고 건강원 안으로 들어섰다. 산업용 마스크와 고글을 쓴 아저씨들이 넓적한 삽으로 바닥에 잔뜩 깔린 쓰레기와 잿가루를 쓸어 자루에 담고 있었다.

"학생, 저쪽에 있는 거 봐봐."

한 아저씨가 가리키는 곳을 보니 잡동사니가 쌓여 있었다. 약초를 담아둔 술병이나 오래된 책들이 모두 검게 그을려 있었다.

"혹시 여기 술들 멀쩡한 거 있으면 가지고 가셔도 돼요."

아저씨들은 반색하며 그을음 앉은 술병들 가운데 깨지지 않은 몇 개를 꺼내 트럭 조수석에 실었다.

안태는 여기저기를 살피던 중 그을음이 잔뜩 앉은 작은 금고 하나를 발견했다. 비밀번호로 여는 것이었다.

"그 금고 안에 뭐 있나 봐봐. 뭐 없으면 여기 버리고."

"네, 열어보고요."

금고 비밀번호를 여러 개 눌러봤지만 다 틀렸는지 열리지 않았다.

"이리 가져와봐, 깨부숴줄게."

일하던 아저씨 가운데 한 사람이 차에서 커다란 해머를 꺼내왔다. 그것으로 금고 손잡이를 몇 번 내리쳤다. 그래도 쉽게 열리지 않았다. 민규가 옆에서 중얼거렸다.

"야, 혹시 안에 금덩어리 같은 거 있는 거 아니냐?"

"그럴 리가 있냐. 할아버지가 건강원에 버릴 것밖에 없다고 하셨어."

해머의 충격으로 난 틈새로 아저씨가 빠루를 집어넣어 비틀자 마침내 금고 문이 떨어져나갔다. 금고 안에는 예상대로 별게 없었다. 헝겊에 싸놓은 물건 하나만 덩그러니 있을 뿐이었다.

"이게 뭐지?"

마로 짠 거친 헝겊에 둘둘 말린 것은 검은 돌멩이였다. 조금 특이한 건 돌멩이가 나비 모양이라는 점이었다.

"이건 뭐지?"

헝겊에 조그만 스티커가 붙어 있는 것이 보였다.

"어? 네 이름 있어."

민규의 말에 눈을 커다랗게 뜨고 보니, 정말 헝겊에 작게 붙은 견출지에는 '안태'라고 쓰여 있었다.

"그냥 돌멩이 같지만 뭔가 버리기는 좀 그렇네."

안태는 돌멩이를 헝겊으로 다시 둘둘 말아 주머니에 집어넣었다.

"아저씨, 이거만 가져갈 게 없어요. 금고랑 나머지 싹 다 버려주세요."

"그래, 알았다. 우리가 치우고 갈게."

그렇게 잿가루가 날리는 건강원이 청소되는 것을 안태는 잠시 지켜보았다. 안태가 슬픈 눈으로 쉽게 떠나지 못하는 모습을 보고 청소 업체 사장님이 물었다.

"끝까지 볼 거니?"

"아, 아니에요. 가야죠."

"우리가 깨끗이 치울 테니 걱정하지 마라."

다른 상가 자리에서도 검은 잡동사니들이 창밖으로 던져지고 있었다. 상권이 죽어 이미 생명을 잃은 공간이 더욱 폐허가 되었다.

"우리 아빠가 그러는데 여기 상가 주인이 이 건물 진열이 아빠한테 넘기기로 했대."

"진열이 아빠한테?"

"응, 신목유통. 거기 돈 많잖아."

그 말을 듣자 안태는 느낌이 이상했다. 하지만 내색할 수는 없었다.

"이따 식당에 일하러 올 거지?"

안태는 손목의 시계를 보았다. 아직 서너 시간의 여유가 있었다.

"응, 가야지."

"나도 시간 되면 갈게."

"응, 나는 알바 시간까지 좀 쉴게."

"그래, 안태야. 이따 봐."

민규는 밝은 얼굴로 안태에게 인사하고 길을 건너갔다. 안태에게 진 마음의 빚을 이렇게 갚아나가는 것 같았다.

잠시 후 버스에서 내린 안태는 농막을 향해 걸어 올라갔다. 임씨 아저씨는 오늘 만날 사람이 있어 다른 지역에 간다고 했다. 안태는 오늘은 혼자 농막에서 수련해야겠다고 생각했다.

농막에 들어선 안태는 컵라면 하나를 해치운 뒤 루틴에 따라 운동을 시작했다. 근력을 기르는 운동이었다.

"운동은 기구가 없어도 할 수 있다. 보디웨이트 트레이닝은 근육의 내구력을 높이고 체력을 향상시키지. 계속 하다 보면 체형 개선에 크게 도움이 된다. 언제 어디서나 수행할 수 있으니 좋고, 특별한 장비가 필요하지 않아 편하지."

임씨 아저씨의 근력 향상 훈련은 접근성이 좋았다. 푸시업, 스쾃, 플랭크, 버피, 런지를 한 뒤 역기나 아령으로 삼각근과 이두근을 강화하는 게 안태의 루틴이었다. 그 와중에도 유연성 운동은 필수였다.

"유연성을 길러야 부상을 예방하고 운동 성능이 향상된다. 정기적인 스트레칭과 유연성 운동은 근육의 긴장을 풀어주고 혈액순환 증진에도 도움이 돼. 거기다 스트레스도 줄여준단다."

그래서 안태는 요가와 필라테스, 스트레칭도 게을리하지 않았다. 그 결과 안태의 몸은 놀랍게 변하고 있었다.

낯선 이의 등장

운동 루틴을 모두 마치고 안태는 커다란 물통 안에 들어 갔다.

"어흐!"

산속 계곡에서 받아놓은 물은 여름이어도 뼛속까지 시 렸다. 얼음장 같은 물속에서 삼사 분 동안 숨을 참고 있던 안태가 몸을 일으켰을 때였다. 안태의 앞에 낯선 남자 한 명이 서 있었다.

"누, 누구세요?"

남자는 말없이 안태의 벗은 몸을 살피고는 물었다.

"임씨 없냐?"

남자의 눈빛이 날카로웠다.

"아저씨 어디 좀 가셨는데요. 무슨 일이세요?"

"너는 누구냐?"

"저는 우안태인데요."

남자는 안태의 이름을 듣자 잠시 뭔가 골똘히 생각하더니 물었다.

"혹시 우명식과는 어떤 사이냐?"

"……."

우명식은 삼촌의 이름이었다. 이상한 느낌이 든 안태가 드럼통 밖으로 나와 몸을 닦았다.

"아저씨는 약초 캐러 가셨어요."

남자는 또다시 안태의 몸을 유심히 바라보았다.

"네가 임씨가 키운다는 그 제자냐?"

"제자요?"

"그래, 제자 하나 키운다는 소문이 들리더니 그 말이 사실이구나. 너는 무슨 재주가 있냐?"

"그, 그게……."

"너도 이동자인 모양이구나."

남자는 이미 많은 것을 알고 있는 듯했다. 안태는 그에게 뭐라 대답할 수가 없었다. 농막 앞에 있는 평상 위에 올라앉은 남자가 셔츠 단추를 풀고 편안한 자세로 숲에서 불어오는 바람에 몸을 맡겼다. 옷깃 사이로 구릿빛 근육이 드러났다. 이 사람도 이동자인 걸까. 하지만 속단할 수는 없었다.

안태는 본능처럼 무언가 대접해야 한다는 생각이 들었다. 농막에 들어가 냉장고 안에서 전에 사다 놓았던 주스 한 병을 꺼내 컵에 따라 남자에게 가져다주었다.

"이거 드세요."

남자는 안태가 건넨 오렌지주스를 받자마자 벌컥벌컥 들이켰다. 그러더니 캬, 소리를 내고는 안태를 바라보며 다시 물었다.

"우명식하고 무슨 사이냐?"

"저희 삼촌이에요."

"삼촌? 피도 안 섞였을 텐데?"

"어떻게 아세요?"

"하하, 우리끼리는 다 알아! 가족보다 더 친한 관계지만 절대 가족일 수 없는 사람들이지."

"그럼 아저씨도 이동자인가요?"

"너도 어느 정도 알긴 아는구나."

남자는 고개를 끄덕이더니 다시 물었다.

"어쩌다가 임씨를 만났냐?"

"우리 할아버지 건강원에 자주 오던 손님이었어요."

"그래. 그 건강원은 우명식이 있어서 유지됐지. 한때 암 환자를 고쳤다는 말도 있었어."

"그런데 삼촌 죽었어요."

"뭐라고?"

남자는 생각보다 놀라는 기색이었다.

"건강원에 불이 나서 죽었어요."

안태는 그 얘기를 하는 순간 울컥하며 슬픔이 밀려왔다.

"하, 안됐구나. 명식이는 천재였는데."

남자는 삼촌에 대해서도 많이 알고 있었다.

"나는 강경원이라고 한다. 사람들은 강씨라고 부르지. 그래, 그래서 너는 무슨 훈련을 받고 있는 거냐?"

"모르겠어요. 그냥 제가 있던 행성에서 가졌던 것만큼의 근력을 끌어올리는 훈련이라 그랬어요."

"너를 자기와 비슷한 능력을 가진 이동자로 기르려는 것이로구나."

"그런데 저희 삼촌을 잘 아세요?"

"알지. 너무 슬퍼하지 마라. 네 삼촌은 또 다른 평행우주에서 다른 삶의 조건을 맞이하며 살고 있을 거야."

"그걸 어떻게 알아요……."

"예측도 가능하지만 찾아가서 보고 알려주마."

"와, 아저씨는 우주와 우주를 자유롭게 넘나드는 분이에요?"

"녀석, 많이 알고 있군. 내 별명은 못 들어봤니?"

"별명이 뭔데요?"

"땅벌이다, 하하. 너 혹시 평행으로 가는 철로 이야기도 알아?"

"네, 알아요. 제가 바로 그 개미래요. 철로에서 내려와 침목을 건너서 다른 철로로 왔다고 이야기해주셨어요."

강씨 아저씨가 고개를 끄덕였다.

"너는 버그구나. 버그로 인해 생기는 이동자는 여러 종류가 있어."

그의 말에 의하면 평행우주는 한 번 다른 우주로 간 뒤에는 다시 돌아가지 못하는 사람도 있지만, 어느 별에서 왔느냐에 따라 자유자재로 평행우주를 이동할 수 있는 사람도 있다고 했다. 평행우주는 모든 경우의 수가 변할 때마다 생성되기 때문에 그 무한한 우주 안에서의 무한한 능력을 가진 존재들을 전부 다 알 수는 없다고 했다.

"그럼 우주의 수가 엄청나게 많겠는데요?"

"지금 밤하늘의 별을 봐도 그 우주가 엄청나게 많지?"

"네."

"우주 차원에서 보면 우리의 우주도 먼지 하나일 뿐이야. 먼지 하나가 우리 지구에 수없이 많이 떠돌아다니는데 이만큼의 우주가 또 있다고 생각해봐라. 순간순간 계속해서 새로운 우주가 생겨나는 게 무슨 의미가 있겠니."

"클라우드 같은 건가요?"

"비슷해. 그건 마치 인간들이 계속 데이터를 생성시켜 데이터센터에 보관하는 것과 같지. 기업들이 어마어마한 양의 데이터를 저장하려고 데이터센터를 짓고 있잖니? 그 안에 하나하나 작은 사진과 데이터들이 모여 있는 것과 같다고 보면 되지."

"와, 대단하군요."

"컴퓨터의 바이트 하나하나가 우주라고 생각해도 돼. 그 데이터센터에 얼마나 많은 바이트가 있겠니?"

그런데 그 데이터센터도 먼지 속 일부나 마찬가지였다. 안태는 상상도 할 수 없는 규모였다.

"나는 그 데이터와 데이터 숫자를 넘나들어. 그래서 사람들은 나를 앤트라고 부르지 않고 호넷이라고 부르지."

"호넷이 뭐에요?"

"말벌이란 뜻이다."

"우주를 넘나드는 말벌이라고요?"

안태는 강씨 아저씨의 몸을 보며 전혀 말벌같이 생기지 않았다고 생각했다.

"난 특별히 땅벌이라고 불린다. 너희 삼촌이 죽은 건 안타까운 일이지만 그건 이 우주에서만 생겨난 일일 뿐이야. 너희 삼촌은 수없이 많은 존재로 그때그때 선택을 하며 다른 우주에서 평행우주를 무한히 생성하면서 살아가고 있을 거야."

그의 말을 듣자 조금 안심이 되는 느낌이었다.

"손 좀 내밀어봐라."

"제 손이요?"

안태가 강씨 아저씨를 향해 손을 내미는 순간 정전기가 팟, 하고 튀었다. 한여름에 정전기라니 깜짝 놀라 손을 움츠리자 강씨 아저씨가 고개를 끄덕였다.

"알겠다, 네가 지금 하고 있는 수련이 뭔지. 이리 와봐라. 그게 여기 어디 있는데……."

갑자기 강씨 아저씨는 농막 안과 주변을 이리저리 뒤지더니 갑자기 멈춰 가만히 무언가를 바라봤다. 눈길 끝에는 안태가 운동하기 위해 벗어둔 바지가 있었다.

"저 안에 있는 거 꺼내봐라."

안태의 바지 안에는 불타버린 건강원에서 가져온 돌멩

이뿐이었다. 그것을 꺼내 강씨 아저씨에게 내밀었다.

"아하, 이게 네가 가져온 거로구나. 너의 다른 우주에서 가져온 물건 말이다."

강씨 아저씨가 돌멩이를 자신의 손바닥에 올리자 돌멩이의 색깔이 조금 변하는 것 같았다.

"자, 이거 네 옷 안에다 집어넣어봐라."

"네?"

"몸에 지니란 말이다."

안태는 강씨 아저씨가 시키는 대로 그것을 받아 들고는 입고 있던 반바지 주머니에 넣었다.

"자, 어디 한번 운동능력 좀 보자. 턱걸이 한번 해봐라."

안태는 턱걸이라면 오십 개 정도를 가볍게 할 수 있었다. 강씨 아저씨의 재촉에 못 이겨 철봉에 매달려 턱걸이를 하기 시작했다. 그런데 놀라운 일이 벌어졌다. 몸이 어찌나 가벼운지 그냥 바닥에 선 채로 철봉 위로 턱을 올렸다 내리는 것만 같았다. 이대로라면 무한대로 할 것 같았다. 턱걸이는 순식간에 백 개를 넘기고 있었다.

"아니, 이게 어떻게 된 거지?"

"내려와라."

평상시였다면 과도하게 숨이 차 말도 제대로 못할 지경

이어야 했지만 안태의 몸은 전혀 지치지 않았다.

"이상한데……."

강씨 아저씨는 안태에게 다시 몇 가지 운동을 지시했다. 하는 족족 아까와는 완전히 다른 몸 상태를 느낄 수 있었다. 비교도 할 수 없이 스피드와 근력이 몇 배나 향상한 것 같았다.

안태는 평소 폐활량을 늘리기 위해 운동이 끝나면 옷을 입은 채로 물에 들어가 숨을 멈추는 훈련을 했다. 그 후 옷을 벗어 빨래까지 하는 것이 운동 루틴의 마무리였는데, 빨래를 하는 동안 한참을 가쁜 숨을 몰아쉬곤 했다. 그런데 지금은 잠수를 견디는 게 하나도 힘들지 않았다. 숨이 전혀 차지 않았고 시간이 멈춘 것만 같았다. 그러는 와중에 이미 십 분이 지나가고 있었다. 그때, 삼촌의 목소리가 들렸다.

'안태야! 안태야!'

깜짝 놀란 안태가 물통 속에서 눈을 떴다.

'안태야, 삼촌은 잘 있다. 다른 평행우주로 옮겨 왔어.'

이상했다. 소리가 들리는 것도 아니고 그냥 무언가 다운로드되어 안태의 눈앞에 펼쳐지는 것 같았다. 이건 그냥 상념이 아니었다. 분명 어떤 존재가 말을 거는 것이었다. 그리고 납득이 되어버렸다.

"푸아!"

안태가 물통에서 박차고 일어나 숨을 내쉬었다. 하지만 물 밖 세상은 아무것도 변한 게 없었다. 강씨 아저씨는 기다리다 지쳤는지 평상에 누워 있었다.

"이게 어떻게 된 거지?"

안태가 혼잣말을 하며 몸을 더듬었다. 반바지 오른쪽 주머니가 뜨거웠다. 주머니에 손을 집어넣어보니 돌멩이는 가열이라도 된 것처럼 선홍색을 띠고 있었다. 그것은 마치 살아 있는 생명 같았다. 하지만 돌을 쥐고 있는 손은 전혀 뜨겁지 않았다. 강력한 에너지가 돌에서 뿜어져 나오는 게 느껴졌다.

"그럼 이게……."

온몸에 그 에너지가 스며들기 시작했고 팔이 저려오더니 서서히 그 저림은 열기로 변했다. 온몸에 열이 퍼지자 숨이 턱 막혔다. 마치 호흡곤란이라도 온 것 같았다. 돌을 내던지려고 했지만 손에서 떨어지지 않았다. 안태는 고통을 못 이기고 땅바닥으로 쓰러져 온몸을 비틀며 뒹굴뒹굴 굴렀다.

"아악!"

몸에 있는 근육이란 근육이 모두 팽창해서 살가죽을 찢

고 튀어나올 것만 같았다. 안태의 비명이 산골짜기에 울려 퍼졌다.

에너지 부스터

새로 지은 건강원은 간판도 아주 번듯했고 쇼윈도도 널
찍했다. 안태는 설레는 마음으로 건강원의 문을 열고 들어
섰다. 한쪽 벽면에 진열된 유리병 안에는 정체를 알 수 없
는 것들이 술에 담겨 있어 으스스한 분위기를 자아냈다. 그
옆은 약초들이 산더미처럼 쌓여 향기를 뿜어냈다. 어두컴
컴한 건강원이 아니라 밝은 햇살이 들어오는 아주 쾌적한
카페 같은 건강원이었다.

"어서 와라, 안태야."

계산대에 삼촌이 서 있었다. 삼촌은 휠체어를 타고 있지
않았다.

"삼촌!"

"그래, 네가 오길 기다렸어."

삼촌이 계산대 밖으로 걸어 나왔다.

"삼촌, 걸을 수 있는 거야?"

"그럼. 어서 앉아라."

삼촌은 따끈한 쌍화차를 건네주었다.

"자, 이거 마셔. 몸에 좋은 거야. 내가 좋은 재료만 골라 끓였어."

쌍화차는 달콤하면서도 깊은 맛이 났다. 한 잔을 단숨에 비워낸 뒤 안태는 물었다.

"삼촌, 어떻게 된 거야? 죽은 줄 알았는데."

"죽긴 내가 왜 죽어, 이렇게 잘 살고 있는데."

"불이 나서……."

"그건 지구에서 죽은 거고."

"그럼 지금 여기는……."

"다른 우주지. 봐, 이렇게 잘 살고 있잖니."

삼촌의 말대로 삼촌도 멀쩡했고 건강원도 훨씬 좋아 보였다.

"그래서 이렇게 멋진 건강원도 차린 거야?"

"그럼. 이거 다 내가 직접 잡은 희귀한 동물과 약초들이야. 원래 이런 거 하면 불법이다, 혐오 식품이다, 다 문제 됐었잖아. 그런데 여기선 그럴 일이 없어. 법이나 제재도 없을뿐더러 산과 들에 온갖 희귀하고 몸에 좋은 동식물이 널려 있거든. 지금은 수시로 가서 채집해 오고 제조도 마음껏 한단다."

건강원 벽에 걸린 액자 속에 활짝 웃고 있는 삼촌의 모습들이 보였다. 여러 산에 다니면서 찍은 사진인 듯했다.

"삼촌, 다행이야. 죽지 않아서 정말 다행이야."

"허허, 녀석. 내 걱정 많이 했구나."

삼촌은 안태의 머리를 쓰다듬으며 따듯한 미소를 지어 보였다.

"정신이 드냐?"

안태는 눈을 번쩍 떴다.

"어?"

농막에 누워 어안이 벙벙한 안태를 강씨 아저씨가 내려다보고 있었다. 하지만 분명히 쌍화차의 맛이 입안에 감돌고 있었다. 안태는 입맛을 다시며 나지막이 말했다.

"삼촌이 쌍화차를……."

"허허, 삼촌 꿈을 꾼 거냐? 내가 가져온 금단의 신비를 맛보았군."

안태가 고개를 돌려 옆을 보니 국그릇에 담긴 갈색 액체가 보였다. 그 옆에는 베로 된 헝겊 틈새로 보이는 염소똥 같은 환약이 있었다.

"급작스럽게 우주의 공명 에너지가 들어가면 명현현상이 일어나는 법이지. 잠시 누워 있거라."

"지금 몇 시죠?"

고개를 돌려 벽시계를 봤다. 세시가 조금 넘어 있었다. 다행이었다. 아르바이트에 갈 시간까지 아직 여유가 있었다. 몸을 일으키니 사방이 빙그르르 돌며 어지러웠다.

"어허, 좀 누워 있으래도. 귀 안에 있는 돌들이 굴러다니면 어지러움을 느끼는 법이야. 적응될 때까지 기다려라."

"제가 왜 이래요?"

"이걸 마시면 좀 나을 거다."

강씨 아저씨는 갈색 액체가 담긴 그릇을 들어 안태에게 내밀었다. 이걸 마셔야 어지럼증이 사라진다고 하니 마실 수밖에 없었다. 안태가 눈을 질끈 감고 한입에 털어 넣은 뒤 잠시 가만히 있자 어지럼증이 가라앉았다.

"근데 이건 뭐예요?"

"신비의 명약인 금단이다."

"금단?"

"그래. 은단은 들어봤지? 금단은 신선이 만들어 먹는 장

생불사의 약으로, 오래전부터 비약으로 통하지."

"그럼 아저씨도 신선이에요?

"나는 신선이기도 하고 아니기도 하다. 그래, 너는 어쩌다가 임씨의 제자가 된 거냐? 대충은 알겠다만, 너의 마음을 한번 들어보고 싶구나."

"어떻게 아세요?"

"아까 네 손을 잡았잖니. 그때 다 읽었다. 컴퓨터로 치면 그 접촉으로 너의 모든 데이터가 나에게 복사되어 넘어온 거야."

정전기가 바로 그런 현상의 증거인 것 같았다.

"아저씨는 초능력자예요? 심령술사예요?"

"뭐, 비슷하다고 볼 수 있지. 네 마음속에 그 못된 녀석들한테 두들겨 맞은 상처가 남아 있더구나."

안태는 순간 고개를 푹 숙였다. 가슴속에서 다시 분노가 고개를 들고 있었기 때문이다. 일방적으로 무려 열일곱 명에게 폭행당한 일은 평생 잊을 수 없는 상처였다.

"맞아요. 저 너무 억울해요. 힘을 길러 복수할 거예요."

"그래, 억울하면 분을 풀었어야지."

"정말이요? 어른들은 하나같이 잊으라고, 용서하라고, 화해하라고만 하던데요?"

학폭위 때는 물론 그 이후에도 선생님과 할머니 모두 몇 번이나 안태의 입을 막았다. 소나기는 피해 가야 한다, 어차피 졸업하면 헤어진다, 참는 자에게 복이 있다, 참을 인자 세 번이면 살인도 면한다…….

그간 안태에게 용서와 화해를 종용하는 수많은 어른의 목소리가 들렸다. 선생님이야 그럴 수 있다 해도 할머니와 할아버지까지 그러는 건 이해할 수 없었다. 상처는 더 깊어지고 화는 더욱 커져만 갔다. 그나마 아르바이트를 하면서 분노를 치유하는 중이었다.

"어른들이 그러는 건 다 이유가 있어."

"이유요?"

"그래, 너 전에 살던 지역에서 왜 이곳으로 급하게 이사 왔는지 아니?"

"어? 그거 어떻게 아셨어요? 대박. 근데 이사 온 이유는…… 글쎄요, 잘 몰라요."

"그건 너희 존재가 탐지되어서야."

"탐지요?"

강씨 아저씨는 실로 믿을 수 없는 이야기를 했다.

"이동자들은 능력 때문에 각국의 정보기관이나 비밀조직에서 늘 관심을 갖는단다. 그 능력을 무기로 개발할 수 있으면 큰 도움이 되니까."

할아버지는 수사나 탐문을 피해 다니는 이동자, 즉 강씨 아저씨와 마찬가지인 호넷이었다. 그리고 수많은 이동자를 성공적으로 숨겨주고 그들이 숨어 살아갈 수 있도록 돕곤 했다. 안태가 할아버지의 손자가 된 것도 바로 그러한 이유에서였다. 안태의 식구들은 모두 우주 미아들로 구성되어 있었다. 할아버지의 능력이 워낙 특출나서, 아우라가 너무 강해서 늘 술로 그것을 누르고 살아야 했다.

"아마 너희 사는 곳이 발각되어 이곳으로 왔을 게다."

"누가 우리를 쫓아요?"

"그건 정확히 알 수 없어. 이스라엘의 모사드인지, 미국의 CIA인지, 그 밖의 비밀조직인지."

학폭위가 열렸을 때 할머니가 무조건 잘못했다며 굽신댄 것도 그 때문인 것 같았다. 문제가 커지는 건, 즉 위험에 노출되는 일이었다. 그것을 극도로 두려워했던 것이다. 강씨 아저씨는 그런 안태의 마음을 또 읽었다.

"그러니까 너희 가족은 최대한 무지렁이가 되어 산 거야. 조금이라도 튀면 안 되니까. 나도 너를 찾느라 시간이 이렇게 걸렸으니 전략이 나름 성공했다고 봐야지."

"그럼, 불의를 보고도 참아야 해요?"

"대개 비겁한 자들이 가해를 하고는 약자들에게 사과도 없이 물질적인 보상 같은 걸로 넘어가려 하지. 옛날에 자기 아들이 술집에 있는 양아치들에게 맞았다고 재벌 회장이 직접 조폭들을 데리고 가서 그 양아치들을 응징한 적이 있었다. 야구방망이로 사정없이 때려놓곤 병원비 하라고 돈을 떠안기고 갔지. 병 주고 약 준 셈인데, 그건 힘도 돈도 있는 사람이니 가능한 것이고. 힘없는 사람들은 위세에 눌려서 혹은 이길 수 없으니까 참고 마는 거지. 그게 이 세상의 법칙인 것 같지만 우주에서는 그렇지 않아. 너의 선택 하나하나가 새로운 우주를 만드는 거야."

"새로운 우주요?"

"그래, 그게 평행우주란다. 왜 너만 참아야 하냐. 맞았는데 똑같이 때려줘야지."

"네? 때리라고요?"

사실 안태가 큰 힘을 가지면 가장 먼저 하고 싶은 일이 진열을 응징하는 것이었다. 하지만 그 소망으로 시작한 수련은 이제는 수련 자체로 의미가 있어졌다. 자신의 몸이 변하는 게 안태는 즐거웠다.

"이 물건이 있는데 뭐가 두렵냐."

강씨 아저씨는 안태 옆에 놓아두었던 돌멩이를 눈짓으

로 가리켰다.

"이건 그냥 돌멩이같이 생겼는데, 무슨 의미가 있는 걸까요?"

"탄생석이란다."

강씨 아저씨는 정말이지 평행우주에 대해서 많은 것을 알고 있었다.

"우선 네가 태어난 별에서 네가 태어났을 때 너의 에너지가 뭉쳐서 그 열로 녹아내린 돌멩이인 거다. 그곳 사람들은 모두 그 에너지가 뭉쳐진 돌멩이를 지니고 있지. 모양은 사람마다 다르단다. 구슬 모양도 있고 봉 형태도 있어. 그걸 여기선 탄생석이라고 하더구나. 그 탄생석에서 나오는 우주 에너지가 퍼져서 평상시보다 너를 더 강하게 만들어주는 거란다. 여기에서 너를 보호해주는 아우라가 형성되지. 항상 지니고 있어라. 너는 그걸 갖게 된 지 얼마 안 된 모양이구나."

"네, 맞아요."

"몸에 지니고 있으면 언제나 그게 너를 보호할 거야. 너는 아마 두려울 게 없어지겠지."

어느새 시간이 많이 경과했다. 안태는 시계를 흘깃 본후 주섬주섬 일어났다.

"저 아르바이트하러 가야 돼요."

"그래, 다녀와라. 나는 임씨가 오면 만나고 가야겠다."

"아저씨 언제 올지 모르는데요?"

"아마 오늘 밤에 올 거야."

강씨 아저씨는 확신에 차 말했다.

안태는 그길로 산길을 터덜터덜 내려갔다. 버스 정류장까지 가면서 자신에게 주어진 돌멩이와 갑자기 나타난 강씨 아저씨를 생각했다. 그리고 몸의 변화를 통해 전에 없던 일이 벌어질 것 같은 느낌을 받았다.

온몸의 피로는 어느새 사라져 있었다. 무한 에너지가 안태의 몸속에서 꿈틀거리는 것 같았다. 정류장에서 버스가 오길 기다리며 안태는 중얼거렸다.

"내 능력은 어디까지일까."

말이 입 밖으로 나오자마자 안태는 갑자기 뛰고 싶다는 생각이 들었다. 버스가 도착하려면 앞으로 이십 분은 더 기다려야 했다. 시간이 아까웠고, 자신의 넘치는 에너지를 발산하고 싶었다. 안태는 운동화 끈을 꽉 조인 뒤 냅다 뛰기 시작했다. 그간 달리기를 통해 안태의 지구력은 꽤 향상돼 있었다. 문제는 속도였는데, 오늘만큼은 번개 같은 스피드가 나왔다. 내리막길이기도 했지만 전에 없던 가속이 붙는 게 느껴졌다. 100미터 달리기로 본다면 아마 오 초대로 끊는 것도 가능할 것 같았다. 안태는 순식간에 언덕길에서 사라졌다.

하지만 안태는 알지 못했다. 누군가가 숨어서 자신을 지켜보고 있다는 것을. 나무 밑의 그림자는 잠시 후 도로에 몸을 드러냈다.

"내가 지금 뭘 본 거지? 믿을 수 없어."

안태를 바라보며 혀를 내두르는 이는 세븐틴 멤버 세문이었다. 그는 제자리에 서서 넋이 나간 채 안태가 총알같이 사라져버린 길 위를 바라보았다.

안태는 아무것도 모르는 채 달리는 도중 제자리 도약도 해보았다. 달리는 속도 때문인지 한 번 뛰어오를 때마다 10미터에서 15미터 정도는 그냥 날아가버렸다. 마치 고라니가 길을 건너는 모습 같았다. 놀라운 경험이었다. 길 위의 웬만한 장애물은 거뜬히 뛰어넘을 수 있었다. 도약력이 지상 5미터까지 되니 안태 스스로도 믿기지 않았다.

서서히 주택가가 보이자 안태는 뛰는 리듬을 한 박자 줄이며 속도를 늦췄다. 누군가가 목격해서는 안 된다는 생각이 그제야 들었기 때문이다. 그렇게 그날 안태는 날듯이 뛰어 출근하게 되었다.

안태는 자신의 능력의 끝이 어디일지 궁금해 견딜 수가 없었다.

순응과 선택의 대립

식당에서의 불판 청소는 그날도 여전했다. 주위에 아무도 없을 때 안태는 팔에 더 힘을 주어보았다. 불판은 순식간에 더 깨끗이 닦였다. 이것은 분명 돌멩이, 아니 탄생석을 몸에 지니고 있기 때문이었다. 신이 났지만 아무 데서나 능력을 발휘할 필요는 없었다. 다시 평소와 같은 속도로 불판을 하나씩 닦아 물로 헹궈 말린 뒤 식용유를 바르는 일을 반복했다.

"휴!"

잠시 쉬면서 식당에서 뿜어져 나오는 고기 굽는 냄새에 표정을 찡그렸다. 처음 이 일을 시작할 때의 안태는 평소 잘 먹지 못해 늘 배가 고팠다. 일을 하면서도 고기 냄새에 고문받는 느낌이었다. 그러나 자신이 평행우주의 이동자라는 것을 알게 되자, 그리고 이렇게 엄청난 힘을 발휘할 수 있게 되는 탄생석을 지니게 되자 배고픈 욕구도 없어졌다. 음식을 먹고 안 먹고, 에너지를 몸에 넣고 안 넣고는 전혀 중요한 게 아니었다. 이 우주가 에너지 자체인 이상 그 에너지는 어딘가에서 전해져오고 있기 때문이다. 가끔 사장님이 먹어보라며 방금 구운 야들야들한 육겹살을 가져다주면 성의를 생각해 먹기는 했지만, 이젠 그것을 먹는다고 해서 에너지가 더 나온다거나 먹지 않는다고 해서 배가 고픈 게 아니라는 것을 알았다.

일을 다 마친 밤 열시, 집으로 돌아가기 위해 안태는 서둘러 입고 있던 비닐 앞치마를 벗어두고 인사를 했다.

"사장님, 내일 뵙겠습니다."

"그래, 고생했다. 이거 가져가."

사장님은 집에 가서 구워 먹으라며 돼지고기를 비닐봉지에 담아 안태에게 건네주었다. 안태는 인사를 꾸벅한 뒤 봉지를 들고 식당을 걸어 나왔다.

식당 앞에 웬 여학생이 서 있었는데, 처음엔 식당 손님인 줄로만 알았다. 그런데 여학생은 안태를 따라 걷기 시작하더니 버스 정류장까지 쫓아왔다. 그러자 안태가 고개를 돌려 말했다.

"누구세요?"

"저, 정식이……."

정식이란 이름을 듣자 안태는 가슴이 덜컥 내려앉는 것만 같았다. 밝은 곳에서 제대로 얼굴을 보니 낯이 익었다. 정식이 한 번 소개해준 적 있는 여자 친구 미연이었다. 이후 한 번 더 마주친 적이 있었는데, 안태는 잊고 지냈다. 그러고 보니 미연 역시 힘든 시간을 보냈을 게 뻔했다. 자신만큼 견디기 어려운 큰 시련을 맞으며 지냈을 것이다. 안태는 누군가를 신경 쓸 여력이 없던 최근의 시간들을 떠올리며 괜스레 미연에게 미안한 마음이 들었다.

"너 기억해. 미연이지?"

미연은 고개를 끄덕였다.

"근데 날 찾아온 거야?"

"응. 할 얘기가 있어."

"그래? 그럼 가는 길에 어디 잠깐 앉자."

안태와 미연은 근처 아이스크림 가게에 들어가 마주 앉았다. 앞에 놓인 아이스크림이 다 녹을 때까지 미연은 입을 열지 않았다. 참다 못한 안태가 먼저 물었다.

"무슨 일이야?"

"그게 있지……. 정식이가 자꾸 꿈에 나타나."

그러고 보니 안태는 정식을 꿈에서 본 적이 없었다. 역시 자신보다는 여자 친구인 미연이 더 정식을 그리워하는 건가 싶었다.

"안태 너도 어려운 일 많이 겪었다고 들었어."

"나야, 뭐⋯⋯."

미연이 갑자기 심호흡을 하더니 이야기하기 시작했다.

"내 친구 중에 은서라는 아이가 있어. 어쩌다 보니 세븐틴에 있는 남자애하고 친해졌대."

미연의 말에 의하면 은서로부터 세븐틴의 이야기를 종종 듣는다고. 미연이 안태를 찾은 이유가 그 때문이었다.

"진열이가 너에게 복수를 하겠다고 했대."

"복수? 무슨 복수? 내가 뭘 했다고? 너도 알겠지만 나는 일방적으로 맞기만 했을 뿐인데? 복수를 한다면 내가 해야지, 그게 무슨 말이야?"

"그러니까. 근데 지난번에 진열이 생일 파티 날에 그런 얘기가 나왔대. 너를 제거한다고⋯⋯. 아무래도 조심하는 게 좋을 것 같아서."

안태는 어이가 없었다. 가해자가 피해자에게 복수를 한다는 게 말이 안 돼도 한참 안 되지 않는가. 자꾸 헛웃음이 나왔지만 미연의 표정은 심각했다. 안태에게 또 무슨 일이 생길까 싶어 사실을 알려주기 위해 이 늦은 시간에 그를 찾아온 것이었다.

"미연이 너는 괜찮아?"

"정신과 치료 받고 있어."

"정식이 때문에 많이 힘들구나."

미연은 남자 친구의 죽음에 치료를 받아야 할 만큼의 트라우마가 생긴 것이었다. 안태도 정식의 죽음 이후 삶이 황폐해지는 것을 느꼈기 때문에 충분히 이해가 갔다.

"이렇게 알려줘서 고마워. 조심할게. 그런데 아무 일 없을 거야. 억지긴 했지만 표면적으로는 이미 화해도 했고, 학교에서도 선생님들이 나와 진열이를 알게 모르게 계속 감시하고 있어. 그런데 무슨 짓을 어떻게 하겠어. 나는 더이상은 걔와 마주치고 싶지도 않아."

"걔 아빠가 신목시 유지잖아. 그 권력을 등에 업고 무슨짓이든 할 수 있을 것 같아서 그래. 도대체 너 같은 애를 왜괴롭히는지 모르겠지만, 있을 수도 있어서도 안 되는 일이지만 조심해서 나쁠 거 없잖아."

"그래, 알겠어. 고마워."

미연과 헤어져 안태는 농막으로 돌아왔다. 우울했다. 진열이란 녀석이 도대체 왜, 또 언제까지 자신을 표적으로 삼고 괴롭혀야 끝이 날까 싶었다.

'이 관계를, 이 악순환을 끊고 싶어.'

안태의 능력은 이미 강화될 만큼 강화되어 있었다. 그 힘이 발휘되면 어떤 일이 벌어질지 몰랐다. 오는 길에 안태는 인적이 드문 곳에서 다시 아까의 에너지를 시험해봤다. 번개 같은 속도로 달려서 뛰어오르니 정말 굉장한 속도와 높이로 날아오를 수 있었다. 농막에 불이 켜져 있는 것도 한참 전에 다 보았다. 아저씨가 돌아온 것이었다.

"아저씨, 오셨어요?"

안태가 문을 두드렸지만 돌아오는 대답이 없었다. 하는 수 없이 언덕길을 올라 농막에 다다르니 평상 옆에 모닥불을 피워놓고 강씨 아저씨와 함께 앉아 있는 임씨 아저씨가 보였다.

"아저씨, 오셨네요? 잘 다녀오셨어요?"

"그래, 잘 있었냐? 아르바이트가 이제 끝난 모양이구나."

"네, 마치고 친구 좀 만나느라 조금 늦었어요."

안태의 말이 끝나기가 무섭게 임씨 아저씨가 세차게 물었다.

"이자가 너에게 무슨 이야기를 하더냐?"

"음······."

"뭔데, 왜 말을 못 하냐."

"그냥, 그 돌멩이가 저의 탄생석이라고······."

"역시 쓸데없는 이야기를 했군."

임씨 아저씨는 못마땅한 표정이 되었다.

"자네는 왜 저 아이가 알아야 될 것을 숨기고 있나? 어린 친구가 자기 능력을 알 수 있도록 도와줘야지."

강씨 아저씨의 말에 임씨 아저씨가 화내듯 말했다.

"그래서 그런 능력으로 자네가 하고 다니는 짓이 뭔데? 저 아이가 그런 걸 배워서 어디에 쓰겠어? 이곳에 온 이상 여기에서 적응해 살아야 되는 거야."

"왜 적응해야 하지? 적응하지 않는 것도 선택이고, 그 선택에 의해서 평행우주는 얼마든지 만들어질 수 있어!"

임씨 아저씨는 대답하지 않았다.

"어차피 우리가 선택하든 선택하지 않든 그 현상을 막을 수는 없는 거야. 그렇다면 그 선택의 책임이라는 게 무슨 의미가 있지?"

"됐어, 그만 얘기해. 우리 사유의 체계에서 벗어나는 이 야기까지 할 필요는 없잖아?"

"이미 큰일을 당했고 삼촌까지 죽었어. 이걸로 끝일 것 같아? 계속해서 더 큰일이 벌어질 텐데 자네는 왜 순응시키려고만 하는 거야?"

"순응이 아니야, 절제지."

"절제 같은 소리 하고 있군. 그래서 뭐, 능력을 가진 아이를 고작 저 정도로 키운 건가?"

"고작이라니, 저 능력을 이곳에서 쓰는 순간 불행이 시작되는 법이야."

"답답하네. 그 결과는 우리가 책임질 수 있는 것이 아니야. 우주의 법칙일 따름이야. 잘 알잖아. 끝없는 선택과 끝없는 결정에 의해서 무한히 우주가 만들어진다는 거."

두 사람의 격론이 이어지고 있었다. 안태는 그 대화에 끼어들 수 없어 농막 뒤로 가 찬물을 뒤집어썼다. 땀범벅이 된 몸이 시원하게 씻겼다. 그때, 와장창하며 무언가 박살나는 소리가 들렸다.

"어?"

안태는 서둘러 농막을 돌아 마당으로 달려가보았다. 평상에 앉아 있던 두 사람은 화를 참지 못하고 자리에서 일어나 서로 노려보고 있었다.

"십 년 전처럼 한번 붙어보자는 거야?"

"사양할 이유가 없지. 어디 녹슬지 않았나 실력 좀 볼

까?"

그들이 계속 서로를 노려보자 별안간 주위에서 사나운 바람이 불었다. 안태가 놀라서 어쩔 줄 몰라 하는 모습에도 아랑곳하지 않았다.

"왜 이러세요, 아저씨들. 이러지 마세요! 싸우지 마세요!"

안태는 두 사람 사이에 끼어들어 필사적으로 다음 일이 벌어지지 않게 하려 몸부림쳤다.

"운 좋은 줄 알아, 임씨!"

긴장을 먼저 푼 건 강씨 아저씨였다. 임씨 아저씨는 인상을 잔뜩 찌푸리며 물었다.

"그나저나 여기는 왜 찾아온 거야?"

"쟤네 할아버지 만나러 왔는데 어디에 있는 거야? 아우라가 안 느껴져."

강씨 아저씨는 아우라를 느껴야 위치를 찾을 수 있는 모양이었다.

"노인네야. 이곳에서 편안히 살게 놔두도록 해."

"그럴 수는 없어. 이동자들의 운명 잘 알잖아. 이제 이동할 때가 됐지. 그나저나 일개 이동자였던 네가 호넷이 되었다고?"

"다 어르신 덕분이지."

"아우라 탐지 능력에, 그 노인네 역할까지 네가 다 물려받은 거야?"

"어둠의 화신인 네가 상관할 일은 아닌 것 같은데."

안태는 그들의 대화를 들으면서도 무슨 말인지 이해하기가 어려웠다.

"저 아이도 그래서 맡은 거로군. 버그지만 잘 길러서 호넷을 만들려고 늘 아우라 추적했고."

"그만 말하란 말이야!"

임씨 아저씨가 돌연 표범처럼 몸을 날렸다. 잠시 허공에 떠오르더니 그대로 강씨 아저씨에게 내리꽂혔다. 그러나 강씨 아저씨 역시 피하지 않았다. 순식간에 위치를 바꾸더니 옆에 있는 커다란 바위를 들어 집어 던졌다. 바윗돌이 날아오는 것을 가볍게 피한 뒤 임씨 아저씨는 버섯 종균을 박아놓은 참나무 가지를 곤봉처럼 휘둘렀다. 그러나 그들은 지구에 있는 물건들로는 치명적인 상처를 입힐 수 있는 수준의 사람이 아니었다. 바람 가르는 소리만 난무할 뿐 서로의 몸에 공격이 닿지도 않았다. 안태는 직접 보면서도 두 눈을 의심했다.

'이럴 수가! 마치 그리스 로마신화에 나오는 신들의 전

쟁 같아.'

두 사람은 그렇게 한참동안 믿을 수 없는 대결을 벌인 뒤 약속이라도 한 듯 동시에 움직임을 멈췄다. 강씨 아저씨 가 20미터는 될 법한 잣나무 꼭대기에 몸을 붙이고는 안태 를 향해 말했다.

"오늘은 여기까지! 너, 안태라고 했지? 너희 할아버지 보게 되면 내가 찾아왔다고 얘기해라. 그러면 아실 거야, 저자가 너를 보호하는 이유가 있다는걸."

강씨 아저씨는 그 말을 남기고는 순식간에 다른 나무로 몸을 옮긴 뒤 멀리 사라졌다. 영화에서 보던 장면이 눈앞에 펼쳐졌다. 임씨 아저씨는 강씨 아저씨가 사라진 것을 확인 한 뒤 쓰러진 평상을 바로 세우며 말했다.

"저놈 말 듣지 마라."

"저 아저씨는 도대체 누구예요?"

"알 필요 없다. 저자를 만나면 이곳에 다시 돌아올 수 없 어."

"네? 뭐, 저승사자 같은 거라도 돼요?"

"저승사자? 허허!"

"그런데요, 아저씨. 저 처음 여기 데려오신 날, 제가 우리 빌라 옥상에서 뛰어내리려고 할 때 미리 알고 계셨어요?

제가 그런 생각 한다는 거?"

"무슨 소리냐. 약초 가져갔다고 했잖아."

하지만 안태는 알 것 같았다. 자신에게서 나오는 아우라를 통해, 할아버지의 후계자가 된 아저씨가 안태를 지키러 왔었다는 것을. 그것은 우연이 아니었다.

그사이 아저씨는 농막 안으로 사라지고 없었다.

사라진 할아버지

수학 시간이었다. 사실 안태는 학교 공부를 내려놓은 상태였다. 폭행 사건을 시작으로 힘을 기르기까지, 공부하는 것이 의미 없다고 느꼈다. 방학 내내 아르바이트를 하고 개학해서 다시 학교로 왔지만, 교실에서 화분이나 교탁 같은 정물처럼 자리만 지키고 있을 뿐이었다. 스스로 투명 인간이 되어가고 있다고 느꼈다. 안태의 할머니와 할아버지의 소원은 안태가 학업을 잘 마치는 것이었다. 안태도 예전엔 그게 중요하다고 생각했다. 하지만 그것은 안태가 평범한 사람이었을 때의 이야기였다.

삐리리리!

안태가 교실 맨 뒤에서 엎드려 잠을 자고 있을 때 갑자기 주머니에 있던 휴대폰이 울렸다. 무음으로 해놓는 것을 깜빡한 모양이었다. 반 아이들 모두 고개를 돌려 안태를 쳐다보았다. 와중에 안태가 확인한 전화 발신자는 할머니였다. 할머니 전화는 받아야 했다. 언제 어떤 일이 생길지 모르기 때문이었다. 황급히 휴대폰 벨소리를 죽이고 안태는 전화를 받아 속삭였다.

"할머니, 수업 중이에요."

수학 선생님이 안태를 노려보며 호통쳤다.

"우안태, 휴대폰 제출도 안 한 데다 수업 시간에 전화까지 해?"

"선생님, 죄송합니다. 저희 할머니인데 급한 전화 같아요."

안태는 안면몰수하고 뒷문을 통해 교실 밖으로 나갔다.

"안태야! 집으로 와라. 큰일이다. 얼른 집으로 와!"

안태의 할머니는 다급히 그렇게만 말하고 전화를 끊었다. 심상치 않은 상황임을 직감한 안태가 교실로 다시 들어가 말했다.

"선생님, 할머니한테 무슨 일이 생긴 것 같아요."

"뭐? 그럼 어서 가봐야지."

안태는 교실을 뛰쳐나왔다. 운동장에서 체육 수업 중이던 아이들과 체육 교사가 운동장을 가로지르는 안태를 보며 모두 눈을 의심했다.

"지금 저거 안태야?"

빨라도 너무 빠른 안태의 달리기 실력에 모두가 놀라 눈이 튀어나오는 듯했다. 교실 안에서 그것을 지켜보던 세문도 놀라기는 마찬가지였다.

안태는 불안한 마음을 억누르며 쉬지 않고 달렸다. 잠시후 빌라에 도착한 안태의 눈앞에는 난리 통이 펼쳐져 있었다. 안태네 집안 살림살이가 모두 길바닥에 흩어진 채였다. 지난번 쓰레기 테러를 당한 뒤 살림살이를 정리해 얼마 있지도 않은 할머니, 할아버지의 옷과 식기구가 죄다 함부로 내팽개쳐져 있었다.

"할머니, 이게 다 무슨 일이에요?"

"주인이 집을 나가란다."

"네? 갑자기 왜요?"

"그동안 보증금도 못 내고 밀린 월세가 많다고 갑자기 나가래."

이상했다. 그런 이유라면 안태네는 초장에 쫓겨났어야 했다. 안태는 집주인이 갑자기 이러는 다른 이유가 있을 것 같았다. 곧바로 주인집을 향해 계단을 올라갔다. 하지만 주인이 사는 꼭대기 층은 문이 닫혀 있었다. 안태는 주먹으로 문을 두드렸다.

"여보세요! 누구 없어요?"

문을 마구 두드리던 안태가 순간 더 세게 두드리면 문짝이 부서질 것 같다고 생각해 힘을 조절했다. 하지만 아무리 문을 쳐도 반응이 없었다. 전화를 걸어도 받지 않았다. 허탈한 마음으로 내려오는 안태에게 부동산 아주머니가 다가왔다.

"안태 학생, 그만둬. 집주인이 안태네 쫓아낸 거 아니야."

"예? 그럼 누가 이랬어요?"

"유 사장이 쫓아내라고 했어."

"누구요?"

하지만 안태는 아주머니에게 되묻는 순간 깨달았다. 진열의 아버지를 말한다는 것을.

"유 사장이 이 빌라를 통으로 샀대."

"그럼 여기 입주민들 다 내쫓은 거예요?"

"아니. 안태 너희 집만……. 원래 집주인은 어제 이사 갔어."

"이럴 수가."

"아까 용역 깡패들이 와서 너희 집 물건들 다 내놓은 거야. 다시 들어가면 주거침입이야. 어쩜 좋으냐.”

안태는 거대한 음모가 자신을 옥죄어오고 있음을 느꼈다. 화가 났지만 한편으로는 어쩔 수 없었다. 이제 갈 수 있는 곳이라고는 임씨 아저씨 농막밖에 없었다. 아저씨에게 전화를 걸었다.

“아저씨…….”

“무슨 일 있냐?”

“할아버지, 할머니가 집에서 쫓겨났어요.”

“뭐? 사람을 함부로 쫓아내?”

“지금 가실 데가 없어요.”

“알았다. 기다려라.”

아저씨는 황급히 트럭을 끌고 빌라로 왔다. 도착하자마자 할아버지와 할머니를 부축해 트럭에 태운 아저씨는, 너저분하게 버려진 살림을 트럭 뒤에 대충 싣고 다시 트럭에 올라탔다.

잠시 후 농막 마당에 차를 댄 뒤 아저씨가 말했다.

“제가 머무는 곳입니다. 요즘 안태와 같이 지내는 곳이지요. 누추한 곳에 모시게 되어 죄송합니다.”

“아니야, 임씨. 고마워.”

할아버지는 모든 것을 해탈한 듯이 웃으며 말했다. 트럭

짐칸에 타고 온 안태는 분을 삭일 수 없었다. 자신을 향한 모든 불행의 끝에는 진열이 있었다.

아저씨는 비좁은 농막에 있는 자신의 물건을 치우고는 할아버지, 할머니의 물건들을 들여놓았다. 비좁기 그지없어 보이던 곳이 그럭저럭 쉴 수 있는 공간 같아졌다.

"할아버지, 죄송해요. 제가 아직 어려서 할 수 있는 게 없네요."

"그게 무슨 말이냐. 이렇게 잠시라도 머물 곳이 있으니 다행이지 않니."

그날 밤 아저씨는 커다란 텐트 하나를 가져와 안태에게 말했다.

"너는 이거 치고 평상에서 자도록 해라."

"네, 아저씨. 감사합니다."

그렇게 안태는 텐트에서, 할머니와 할아버지는 농막에서 지내는 삶이 시작되었다. 안태는 이제 갈 데까지 갔다고 생각했다.

그로부터 일주일 뒤, 안태가 식당에 가기 위해 농막을 나서려는데 검은 승용차가 오솔길로 올라왔다. 강씨 아저씨였다.

"안태, 오랜만이다."

강씨 아저씨는 안태에게 짧은 인사를 건넨 뒤 거침없이 농막 안으로 들어섰다.

"어르신, 계십니까?"

할아버지가 마침 농막 밖으로 나오다 강씨 아저씨를 보았다.

"아, 자네 결국 온 겐가."

"예, 때가 되었습니다."

"알았네."

할아버지는 고개를 끄덕였다. 그게 무슨 의미인지 지켜보는 안태는 알 수 없었다.

"기왕 왔으니 같이 식사라도 하지 그래."

"그러시죠. 제가 모시겠습니다."

"아니야, 얼마 전에 산에서 올무로 멧돼지를 잡았거든. 그거나 구워 먹지. 안태 너는 빨리 일하러 가라."

"예, 할아버지. 갔다 올게요."

안태는 어쩐지 발걸음이 무거웠다. 이대로 농막을 떠나는 것이 영 마음에 내키지 않았다. 버스 정류장까지 천천히 걸어가고 있을 때 안태의 앞에 세문이 나타났다. 안태는 본능적으로 경계심을 가졌다.

"무슨 일이야?"

"할 얘기가 있어."

"나 지금 바쁜데?"

"알아. 너 아르바이트 가는 거."

"그래, 나중에 얘기하자."

"나, 너 능력 갖고 있는 거 알아."

"뭐라고?"

"너 초능력자지?"

안태는 먼저 주위에 사람이 없는지 좌우를 살폈다. 다행히 아무도 없었다.

"너 무슨 헛소리야."

"저번에 달려가는 거 봤어. 너 감시하고 있었거든. 그래서 몰래 지켜보고 있었는데…….. 사람이 그렇게 빨리 뛸 순 없어. 웬만한 자동차보다 빨랐다고."

"쉿! 조용히 해."

"그러니까 내 말 좀 들어줘."

안태는 꼼짝없이 약점을 잡힌 것만 같았다. 어쩔 수 없이 식당까지 가는 동안 세문의 이야기를 듣기로 했다. 둘은 마침 정류장에 도착한 버스에 올라탔다.

"나를 진열이에게서 구해줘."

버스 좌석에 앉자마자 세문이 한 말 때문에 안태는 화들짝 놀랐다.

"뭐라고? 너 세븐틴이잖아. 너희 같은 편이잖아."

"더 이상 이렇게는 못 살겠어. 나 좀 구해줘."

세문은 자세히 이야기하기 시작했다. 진열이 신목시 어린이들부터 중학생과 고등학생까지 정기적으로 상납받는 시스템에 대해 안태는 처음 알게 되었다.

"그리고 나 얼마 전에 여자 친구 생겼거든. 근데 걔가 세븐틴에서 나오래. 안 그러면 헤어지겠대. 근데 진열이가 무서워서 엄두가 안 나."

"나보고 뭘 어쩌라고?"

"진열이 상대할 사람은 너밖에 없어. 제발 도와줘. 또 상납 같은 거 하면, 어린애들한테 돈 뺏으면 절대로 안 만나준대. 나도 더 이상 이렇게 살기 싫고. 그런데 빠져나갈 수가 없어."

"네가 그동안 아이들 패고 재미 보던 건? 그건 아무렇지 않고 진열인 무서워?"

"나 괴롭힌 애들 다 찾아다니면서 사과할 거야. 삥 뜯은 것도 다 갚을 거야. 진심이야. 그러고 싶어졌어. 하지만 진열이 밑에서는 안 돼. 진열이 좀 막아주면 안 될까?"

세문이 진짜 반성하는 건지 혼란스러웠다. 지금까지 당

한 걸 생각하면 이렇게 이야기를 들어주는 것도 불필요해 보였다. 하지만 혹시 모르는 일이었다.

"생각해볼게."

식당 앞까지 쫓아와 안태를 조르는 세문을 보낸 뒤 안태는 잠시 생각에 잠겼다. 진열의 조직도 균열이 가고 있었다. 어쩌면 그래서 더더욱 진열이 그악스럽게 자신을 괴롭히는 건지도 몰랐다.

안태가 한참 불판을 닦고 있을 때 민규가 왔다.

"안태야, 여전히 잘하고 있어?"

"응."

"너 불판 닦는 거 그만하고 이제 주방일이나 홀에서 서빙할래?"

"아니야, 나는 불판 닦는 게 제일 좋아."

"진짜 못 말린다. 좀 더 편한 거 하게 해주려고 했는데."

"괜찮아. 그래도 고맙다."

"나 요즘 공부하느라고 여기 잘 못 왔는데, 우리 언제 한번 놀자."

"그래, 그러자."

"너 알바 쉬는 다음 주 월요일 어때?"

"뭐, 별일 없어."

"좋아! 그날 놀자. 잊지 마, 다음 주 월요일!"

민규는 그렇게 약속을 잡은 뒤 집으로 갔다. 안태도 얼마 후 밤 열시가 되어 농막으로 돌아갔다. 그런데 할머니가 평상에 앉아 울고 있었다.

"할머니!"

안태의 가슴이 벌렁거리기 시작했다.

"할머니, 왜 우세요! 할아버지는요? 할아버지 어디 계세요?"

"네 할아버지 갔다, 갔어."

"네? 어딜요?"

"가버렸어. 다신 안 와."

할머니는 그 말만 앵무새처럼 했다. 더 이상 할머니에게서 정보를 들을 수는 없겠다고 판단한 안태는 임씨 아저씨를 찾아 나섰다. 아저씨는 농막 안에 있었다. 제사에 쓰는 향에 불을 피워 향로에 꽂는 중이었다.

"아저씨, 할아버지 어디 가셨어요?"

"할아버지는 이곳을 떠났어."

"네? 그, 그게 무슨 말씀이세요?"

"속된 말로 죽었지."

"죽어요? 할아버지가 돌아가셨어요?"

"이 세상 기준으로 말하자면 죽은 건데, 사실은 애초에 계셨던 곳으로 돌아가신 거야."

"왜요? 왜 돌아가셨는데요?"

임씨 아저씨는 차분한 얼굴로 밖으로 나와 별을 보며 말했다.

"아까 강씨 그자가 와서 모셔 갔다."

"모셔 가요? 왜요?"

"안태야, 실은 원래 때가 되면 다 이동한단다. 어느 별에서 왔건 어떤 이유에서건 상관없이 그래. 너희 할아버지도 이곳에 온 지 벌써 이백 년 가까이 된 호넷이야. 너 같은 앤트가 아니란다. 언젠가 가실 줄 알았는데…… 그게 오늘일 줄은 나도 몰랐어."

"그럼 이제 어떻게 해요? 그냥 이대로 이별이에요? 제가 더 알아야 하는 건 없어요?"

"너무 많은 걸 알려고 하지 마라. 그건 그냥 이동자들의 숙명이라고나 할까. 이제 이 지구에서 너희 할아버지를 볼 수는 없어."

안태는 울먹였다.

"할아버지가 돌아가셨다니……."

"돌아가셨다기보다 이곳 지구에서의 여행을 끝내신 거

지. 그게 호넷의 운명이야. 할머니께 네가 잘해드려라."

"그럼 호넷은 뭘 하는 거죠? 저도 호넷 되어서 할아버지 만날래요."

"뭘 하는지는 말해줄 수 없다. 대신 앤트도 나중에 호넷이 될 수 있어. 다만 이동 능력을 자유자재로 구사하기까지는 정말 어려운 수련 과정이 필요하지. 네 할아버지는 그런 과정을 다 이겨냈고, 누구보다 강력한 아우라를 가졌기에 지구로 온 앤트들이나 호넷들이 할아버지를 찾아온 거다. 그래서 그들을 멘토링하셨지."

"그럼 우리 할머니는요?"

"네 할머니는 평범한 지구인이야."

안태는 놀랐다. 할머니는 이동자가 아니었다.

"네 할머니는 할아버지가 그런 사람이라는 걸 알고 있으셨어. 그래서 살면서 언제건 이런 일이 벌어질 걸 염두에 두셨을 거다. 슬픔이 길진 않으실 거야."

안태는 울면서 평상에 있는 할머니에게 다가갔다. 할머니는 어느새 아까의 표정을 지우고 진정되어 있었다. 아저씨의 말처럼 모든 것을 받아들인 듯 담담한 얼굴로 할아버지 사진을 앞에 두고 향을 피웠다.

"할머니."

"그래, 안태야. 너희 할아버지가 언젠간 떠날 줄 알았지만 이렇게 힘들 때 떠날 줄은 몰랐구나. 다시 집도 구하고, 네가 대학도 가는 거 보고 갔으면 좋았을 텐데."

"할머니, 제가 잘할게요."

"녀석. 너도 할아버지한테 인사해라."

안태는 일어나 할아버지 사진을 향해 절을 올렸다.

"이제 찾아오는 앤트들을 보호하는 건 네 할아버지 대신 임씨가 하기로 했다. 네 할아버지가 오래전부터 가르치며 준비했어."

"네, 알고 있어요."

"앞으로 네가 어려운 일이 있어도 다 보호해줄 거야."

안태는 할아버지가 어디로 갔는지, 어떻게 갔는지, 왜 하필 지금 갔는지 전혀 알 수 없었다. 분명한 건 강씨 아저씨가 저승사자처럼 할아버지를 데려갔다는 사실이었다. 그렇다면 자신은 어떤 선택을 해야 할까, 안태는 생각했다. 호넷이던 할아버지가 오래도록 한곳에 머물렀던 이유는 여전히 풀리지 않는 수수께끼였다.

분노 폭발

토요일이었다. 안태는 아침 일찍 일어나 뒷산으로 올라가 수련을 하고 내려왔다. 이제 안태의 능력은 터질 듯이 증폭되었다. 돌멩이는 목걸이로 만들어 목에 걸고 있었다. 늘 자신의 에너지를 지니기 위해서였다.

안태는 항상 고민이었다. 임씨 아저씨와 강씨 아저씨의 견해 중 어느 것을 따라야 하는지 생각이 오락가락했다. 임씨 아저씨는 그런 안태의 갈등을 눈치챘는지 만날 때마다 이야기했다.

"안태야, 너는 너 자신의 그 에너지를 안으로 욱여넣어서 보다 높은 차원으로 올라가는 게 좋아. 나는 그렇게 생각한다."

"저도 아저씨 말에 동의하지만 분하고 억울한 건 사실이에요."

"행여 네가 복수를 하겠다고 나서서 큰 사고를 칠까 걱정이다. 그러면 법과 질서를 어기는 거야. 이곳에 사는 동안은 이곳 제도권 안에서 지내야 해. 그것에서 벗어나는 건 원하지 않는다."

"근데요, 참으면 저에게 뭐가 생겨요?"

"하…… 이런 말은 안 하려고 했는데, 사실 네가 온 곳으로 돌아갈 에너지가 생겨."

"네?"

"내가 이렇게 농사를 지으며 사는 이유가 뭔 줄 아니? 인내하며 기다리면 그것 역시 우주의 법칙에 의한 인과관계로 얻는 것이 있어. 내가 걱정되는 건 네가 아직 어리다는 거야. 그래서 너의 화를 삭이지 못할까 봐 걱정이야."

그는 안태의 스승이자 이제 하나밖에 남지 않은 자신의 멘토였다. 그의 조언을 새겨들어야 했다.

"알겠어요. 잘 억눌러볼게요."

"그래, 할머니도 계시잖니. 책임지고 보살펴드려야 해. 네 할아버지가 넘겨주신 과제가 많아서 나도 골치가 아프다."

아침마다 일찍 일어난 안태는 할머니가 차려주는 밥을

먹고 농장에 나가 농사일을 했다. 힘이 좋아 땅을 갈아엎는 속도가 웬만한 경운기보다 나았다.

그날도 안태는 농장에서 옥수수를 따고 있었다. 세문이 달려와 다급하게 안태를 찾았다.

"안태야!"

"무슨 일이야?"

그사이 안태와 세문은 조금 친해져 있었다. 세문을 의심하던 안태의 마음도 다 가라앉아 있던 터였다.

"진열이가 너 데리고 오래."

"걔가 오란다고 내가 가야 되냐?"

안태는 더 이상 진열과 엮이고 싶지 않았다.

"그게 아니고, 이거 좀 봐."

세문은 휴대폰으로 웬 동영상을 보여주었다. 영상 속에는 놀랍게도 미연이 의자에 묶여 있었다.

"아니, 얘는……."

"그래, 정식이 여친. 지금 진열이가 붙잡아다가 면도칼로 얼굴을 그어버린대."

"뭐?"

"네가 안 오면 그럴 거라고 전하랬어."

순간 안태를 지탱하고 있던 인내의 끈이 끊어졌다. 자기

만으로 모자라서 할머니와 할아버지까지 못살게 굴고, 이미 상처로 가득한 미연까지 위협하고 있었다. 더는 이대로 놔둘 수 없었다. 안태가 참으면 참을수록 진열은 더 참을 수 없는 상황을 계속해서 만들었다. 안태는 힘을 길러 손쉽게 복수할 수 있음에도 내공을 키워가며 견뎌내고 있었다. 하지만 이것이 많은 비겁자가 말하던 화해와 용서의 결과였다. 참을 수 없었다.

"가자."

안태가 순식간에 옷을 갈아입고 나와 말했다. 세문이 뭔가 불안한 얼굴로 기어들어가는 목소리를 냈다.

"안태야, 내가 부탁한 얘기……. 그거 절대 진열이한테 하면 안 돼."

"뭐?"

"진열이한테서 벗어나고 싶다고 한 거."

"다시 한번 말하지만 그건 네가 결정할 문제지, 내가 도와줄 수 있는 게 아니야."

세문은 고개를 끄덕이며 안태와 함께 걸었다.

한참 뒤 두부 공장 가까이에 다다르자 세문이 먼저 달려 나갔다.

"내가 가서 먼저 말해놓을게."

안태는 기다리던 순간을 맞는 기분이었다. 긴장이 감돌며 결판을 내야 한다는 생각이 들었다. 이제 더 이상 끌려다닐 수는 없었다.

철문을 열고 들어서자 세븐틴과 몇몇 여자아이들이 모여 서 있었다. 진열만 홀로 의자에 앉아 있었다. 마치 조폭 영화에 나오는 장면 같았다.

"왔구나."

진열이 비열하게 웃으며 안태를 맞았다. 진열의 옆에는 미연이 두려움에 떨며 울고 있었다. 이미 누군가 괴롭힌 건지 옷매무새나 머리가 흐트러지고 뺨이 부어 있었다. 그런 미연을 바라보며 진열에게 말했다.

"쟤는 보내줘라."

"하, 웃기는 새끼네. 보내주긴 뭘 보내줘! 넌 오늘 끝났어."

진열이 이죽거렸다. 세븐틴 무리 주위에는 언제든지 집어 들 수 있는 거리에 삽과 각목 등 연장이 놓여 있었다.

"야, 유진열. 나는 일방적으로 너한테 맞고도 용서했어."

"용서? 웃기시네, 네가 뭔데 용서를 해."

"내가 대체 너에게 뭘 잘못했는지 모르겠지만, 어쨌든 네 마음 상하게 한 게 있다면 미안하다. 그러니 너도 용서해라."

안태는 마지막으로 진열에게 기회를 주고 싶었다. 임씨 아저씨의 말을 지키고 싶은 마음이 여전했기 때문이다.

"원한다면 무릎이라도 꿇을게. 그러니 상관없는 애는 보내줘."

"어쭈, 너 영화 많이 봤구나? 그래, 목격자 많이 둬서 뭐 하겠냐."

진열이 턱짓을 하자 서 있던 녀석 한 명이 미연의 몸에 묶인 밧줄을 풀어줬다. 미연은 울며 안태를 한번 바라보더니 황급히 공장 바깥으로 나갔다.

"자, 이제 시작해볼까? 듣자 하니, 너 좀 이상한 놈이 되 었다고 하더라? 어디 정말 이상한가 보자."

"……."

"얘들아, 너희 제대로 해라. 그동안 저 새끼한테 당했던 놈들도 있잖아?"

"저 새끼 때문에 물리치료를 두 달이나 받았어."

상열이 목을 좌우로 꺾어 소리를 내며 안태에게 다가왔 다. 영식도 상열의 뒤를 따라 걸어왔다. 그런데 상열이 안 태에게 다가오는 듯하더니 갑자기 방향을 틀어 옆에 있던 세문의 배를 걷어찼다.

"아으윽!"

세문은 무방비 상태에서 기습을 당해 저만치 나가떨어지고 말았다.

"너, 안태랑 내통한 거 다 알고 있어. 이 박쥐 같은 새끼야!"

"아니야! 아니야!"

세문은 상황을 모면하기 위해 극구 부인했다. 그의 눈빛에는 죽음을 앞에 둔 동물의 그것과 같은 두려움이 보였다. 상열은 준비되지 않은 상태에서 이루어진 공격이 훨씬 큰 타격을 준다는 걸 잘 알고 있었다.

"감히 배신을 해? 배신은 용서할 수 없지."

세븐틴 무리가 몰려와 세문을 붙잡았고, 어느새 자리에서 일어난 진열이 다가와 세문의 얼굴을 사정없이 갈기기 시작했다. 별안간 벌어진 상황에 안태도 정신이 없었다. 처음엔 그저 늑대와 하이에나가 싸우는 것처럼 보였다. 하지만 그 잔인한 장면을 보고 있을수록 마음이 이상했다.

"악악!"

공장 안에는 두들겨 맞는 세문의 비명만이 낭자했다.

마지막 라방

얼마 후 세문은 정신을 잃었다. 바닥에 그대로 고꾸라져 거친 숨만 내쉬고 있었다. 사방에 튄 피가 안태에게도 닥칠 운명을 예고하는 것 같았다.

안태는 만일 이들과 본격적으로 싸운다면 몇이나 죽어나갈지 걱정하고 있었다. 자신이 마치 하이에나 떼에게 포위된 코끼리 같았는데, 사실 초원의 하이에나는 코끼리에게 덤비지 않는다. 사자에게도 과감히 덤비는 하이에나이지만 코끼리는 자신들의 능력치를 벗어난다는 걸 알기 때문이다. 안태는 차분한 목소리로 말했다.

"그만해라. 너희가 이겼다."

싸우고 싶지 않다는 뜻이었다. 비록 피해자임에도 사과받은 적이 없지만 그냥 조용히 지내줄 수 있었다. 사실상 안태의 마지막 경고이기도 했다.

"뭘 이겨, 아무것도 안 했는데!"

진열이 어이가 없다는 듯 일그러진 얼굴로 안태에게 다가왔다. 그런 진열을 바라보며 안태는 다시 한번 아량을 베풀었다.

"내 마음속에서 너희를 용서하고 화해하기로 했다고. 그러니 이러지 말자."

안태의 말은 사실이었다. 이제 와서 녀석들을 두들겨 패는 것은 그다지 의미가 없었다. 이미 과거의 안태가 아니었기 때문이다. 원래 도망친 말은 떠나온 마구간을 돌아보지 않는 법이다. 주인이 주는 알량한 여물 따위나 즐기느니 더 큰 세계를 맛봐야 하기 때문이다.

"건방진 자식 같으니라고."

진열이 안태의 가슴팍을 확 밀쳤다.

"어?"

하지만 그 순간 진열은 당황했다. 철벽을 손바닥으로 민 것 같았기 때문이다. 아니나 다를까, 안태는 아무것도 몸에 닿지 않은 듯 꿈쩍도 하지 않았다.

"이 새끼가!"

진열은 이번엔 오른쪽 다리로 안태의 왼쪽 허벅지에 강

력한 로 킥을 날렸다.

"윽!"

진열의 발등은 강력한 타격감에 얼얼했다. 안태의 허벅지는 참나무 등걸과 다름없었다.

"때리고 싶다면 맞아줄게."

"이 새끼가 폼은……. 어디 이래도 네가 가만히 있을 수 있나 보자. 야, 데리고 와봐."

진열의 말이 끝나기가 무섭게 한쪽 구석에서 누군가 끌려 나왔다. 민규였다.

겁에 질린 민규를 보자 안태의 눈에 불이 켜졌다. 이미 얼마나 맞았는지 얼굴에 핏자국이 어지럽게 그려져 있었고, 옷소매는 벌겋게 물든 상태였다.

"민규야!"

사실 안태에게 있어 민규는 은인이었다. 죄책감 때문이라지만 삼촌의 장례식장에 유일하게 와 자신을 위로한 친구였고, 자기 아버지 식당에서 일하며 돈을 벌 수 있게 해줬다. 그런 민규가 자신 때문에 고초를 겪은 모습을 보니 안태는 더 이상 참고 있을 수 없었다.

"얘네들이 네가 무슨 초능력자냐고 물었어."

민규가 안태를 향해 울먹이는 목소리로 말했다.

"그럴 리가 없다고 했더니……."

얼굴을 맞아 입안이 부풀어 올랐는지 민규의 어투와 발음이 평소 같지 않았다. 눈도 퉁퉁 부어서 한쪽 눈이 감긴 것처럼 보였다. 민규까지 건드리는 것은 참을 수 없었다.

"이제 안 참아!"

안태의 외침과 동시에 날아간 주먹에 각목을 들고 있던 한 녀석은 왼쪽 광대뼈가 주저앉았고 순식간에 5미터 뒤의 공장 담벼락에 처박혔다.

"나도 문제 만들고 싶지 않았다고!"

안태는 곧바로 두 녀석 멱살을 잡아 내동댕이쳤다.

"내가 참은 결과가 이거냐?"

이어진 돌려차기에 갈비뼈 파열음이 들렸고 한 녀석이 푹 고꾸라졌다.

"우리 집은 다 망했어. 겁날 것도 없고 잃을 것도 없어!"

쇠 파이프를 휘두르던 녀석이 안태의 주먹을 맞고 그대로 허공으로 떴다가 곰팡이 핀 개수대에 처박혔다.

모두 순식간에 벌어진 일이었다. 마치 필름을 빨리 돌린 것 같은 장면이 펼쳐졌다.

"워워!"

진열은 당황했다. 세븐틴 무리를 진정시키며 심리전으

로 나왔다.

"야, 여기 우리 세븐틴 멤버 다 없는 거 알고 있냐? 봐봐, 몇 명 안 보이지?"

진열의 말에 안태는 얼핏 주위를 훑어보았다.

"지금 여기 없는 애들은 왜 안 왔을까? 너희 할머니는 지금쯤 어떻게 됐을까?"

그 순간이었다. 안태 안에 가느다랗게 남아 있던 인내심의 끈이 정말로 끊어졌다.

"뭐? 내가 우리 할머니 건들지 말라고 했지!"

"하하! 아직 기회는 있어. 네가 여기 기어 다니면서 저거 혀로 핥으면 내가 걔네 아무 짓도 못 하게 할게."

진열이 가리키는 곳은 구정물이 군데군데 고여 있는 울퉁불퉁한 공장 바닥이었다. 이제는 어쩔 수 없었다. 안태의 이성의 끈은 이미 끊겼다. 남은 것은 안태의 선택이었다.

"끝없는 선택과 끝없는 결정에 의해서 무한한 우주가 만들어진다는 거."

순간 강씨 아저씨의 말이 떠올랐다. 이제 새로운 선택을 하기로 안태는 결정했다.

"그래, 선택했어."

그게 마지막이었다. 안태가 새로운 자신의 삶을 선택한 것은. 그때 퍽, 하며 안태의 등 뒤로 각목이 날아와 부러지는 소리가 났다. 안태는 각목을 휘두른 녀석을 돌아보며 결연한 얼굴로 말했다.

"그렇게 원한다니 붙자. 나는 너희에게 수많은 기회를 줬어. 다 걷어찬 건 너희다."

"네까짓 게 감히 무슨 용서야, 이 자식아!"

틈을 노려 날아오는 진열의 주먹을 안태는 손쉽게 붙잡았다.

"참, 너희 라방 좋아하지? 라방 켜."

안태의 말에 한 녀석이 휴대폰으로 라이브 방송을 켠 뒤 삼각대에 올렸다.

"자, 어디 너희가 원하는 대로 마음껏 때려봐."

표정 하나 바뀌지 않고 말하는 안태의 모습에 열이 뻗친 진열이 외쳤다.

"조져!"

행동 명령이 떨어지자 녀석들은 일제히 연장을 들고 벌떼처럼 안태에게 달려들었다. 하지만 머릿수도 연장도 소용없었다. 맨 처음에 달려드는 세 녀석은 한 번의 주먹질로 충분했다. 속도도 힘도 누구라도 안태를 이길 녀석은 없었다. 물리의 법칙을 벗어나는 위력이었다. 안태가 한 차례 뛰어오르고 내려오며 돌려차기를 하자 두 명이 순식간에 나가떨어졌다. 얼마나 치명적이었는지 한 번 맞은 녀석들은 다시 일어서지 못했다.

"헉, 뭐야……."

라이브 방송 구도를 맞추던 녀석이 당황하며 뒷걸음질을 쳤다. 그러는 와중에도 이 놀라운 장면을 놓칠 수는 없는지 삼각대에 걸쳐진 휴대폰을 꽉 붙들고 화면 앵글을 신경 썼다. 방송의 조회 수는 이삼백 명이다가 순식간에 오백 명으로 늘어났다. 그동안 세븐틴의 폭력 라방은 유명했기에 구독자들이 언제나 대기하고 있었다.

안태가 세븐틴 무리를 해치우는 데는 불과 오 분도 걸리지 않았다. 하나같이 맞는 즉시 기절하거나 팔다리가 부러져 일어서지 못했다.

진열을 제외하고 마지막으로 남은 두 녀석이 다가오고 있었다. 합기도 선수인 한 녀석은 마치 품새처럼 덤벼들었지만 안태가 멱살을 잡아 그대로 땅에 박아버렸다. 다른 한 녀석은 날아 차기를 하며 안태에게 덤볐지만, 안태의 눈에는 굼벵이가 움직이는 수준으로 보였다. 순식간에 녀석을 붙잡아 벽에 집어 던졌다. 던져진 녀석은 벽이 무너질 정도로 큰 충격을 받고 나가떨어졌다. 그 모습을 보고 진열은 당황했다.

"너, 너, 이리와!"

진열은 빠루를 집어 들고 붕붕 소리 나게 휘두르기 시작했다. 위협적으로 보이기 위해 한 행동이었겠지만 안태의 눈에는 어린애 장난으로 보였다. 안태는 그저 빨리 가서 할머니가 무사한지 확인하고 싶었다. 빠루를 세차게 휘두르는 진열의 손을 피하며 안태는 그의 왼팔을 잡아 뽑아버렸다. 더 이상 주먹을 휘두르지 못하게 하기 위해서였다. 어깨에서 팔이 빠지자 진열은 비명을 질렀다.

"으아악! 이 새끼! 너 가만 안 둬!"

"아직 정신 못 차렸구나."

안태는 진열의 오른쪽 팔도 잡아 뽑았다.

"아아악!"

양팔이 어깨에서 탈구되어 덜렁거리는 진열이 그 자리에서 무릎을 꿇었다. 명품 로고가 박힌 흰 바지가 공장 바닥의 핏물 섞인 구정물을 흡수해 지저분해졌다. 안태가 진열의 머리를 가격하면 그것으로 끝나는 것이었다. 진열은 방어할 수 없었고, 안태는 숨조차 차지 않았다. 진열이 생전 처음 죽음의 공포를 느꼈는지 안태를 바라보며 애타게 빌었다.

"아, 안태야! 미, 미안해, 미안해!"

어울리지 않는 말이 진열의 입에서 튀어나왔다. 그토록 많은 아이를 때리고 괴롭혀온 비열하고 비정한 모습은 온데간데없었다.

"네 양팔은 나와 정식이 몫이야. 너 때문에 우리 삼촌이 죽었고, 건강원이 불탔어. 내 가슴의 응어리 하나에 한 대씩만 맞아라. 먼저 이건 우리 삼촌이다."

안태는 오른쪽 주먹으로 진열의 가슴을 가볍게 한 대 쳤다. 갈비뼈 네 대가 으스러졌다.

"아아아악!"

진열은 자지러지는 비명을 지르며 쓰러졌다. 이번엔 구정물에 윗도리가 지저분해졌다.

"이건 우리 할아버지다."

쓰러진 진열의 무릎뼈를 걷어찼다.

"으아악!"

지금 이 순간에도 삼각대에 설치해놓은 휴대폰은 이 장면을 여과없이 송출하고 있었다.

"그리고 이건 민규 몫."

안태는 그렇게 자신의 원한이 떠오를 때마다 한 대씩 진열을 가격했다. 진열은 더 이상 비명도 지르지 못하고 거친 숨만 내쉬며 쉿소리로 절규했다.

"경찰, 경찰, 아니 119 불러줘, 제발."

안태의 눈에 널브러져 있는 십여 명의 녀석들이 보였다. 라이브 방송 화면엔 철없는 댓글들이 빛의 속도로 올라오고 있었다.

— 와, UFC 가도 이길 것 같음.

— 이거 실화임?

— 방송국 제보해.

— 저 뒤에 한 놈 도망간다ㅋㅋㅋ

잠시 후 안태는 공장을 빠져나왔다. 모든 것이 끝났다. 화해와 용서는 없었다. 응징만이 답이었다.

안태는 곧바로 농막으로 달려갔다. 두 녀석이 할머니에게 어떤 위해를 가할지 몰랐다. 가만두지 않을 생각이었다. 바람의 속도로 달려가 임씨 아저씨의 농가를 지날 무렵 안태는 산길을 뛰어 내려오는 두 녀석을 발견했다. 진열이 보내놓은 녀석들이 분명했다.

"야! 너희 우리 할머니 어떻게 했어!"

안태가 눈에서 불꽃을 튀기며 다가서자 녀석들은 멀리서부터 무릎을 꿇고 손을 내저었다.

"안태야, 우리 아무 짓도 안 했어. 정말이야. 제발 때리지 마."

"살려줘! 제발. 라방 봤어. 미, 미, 미안해!"

화면 속이었지만 공장에서의 안태의 위력을 확인한 녀석들은 겁에 질려 이를 달달 떨고 있었다. 안태도 더는 힘을 쓰고 싶지 않았다.

"어서 가라."

안태는 엉망이 된 옷을 보고 할머니가 놀랄까 봐 농막 뒤 빨랫줄에 널어둔 옷을 아무렇게나 주워 입었다. 그때 할머니의 뒷모습이 보였고 안태는 안도의 숨을 내쉬었다.

"안태야, 어디 갔다 왔니?"

할머니가 인기척을 듣고 밖을 내다봤다.

"네, 할머니. 운동하고 왔어요. 씻고 들어갈게요."

"그래, 밥 먹자. 안태 네가 좋아하는 된장찌개 끓여놨어."

평화란 이런 것이었다. 아무 응어리도 남지 않는 것.

"네, 할머니."

안태는 지하수를 받아놓은 드럼통으로 다가섰다. 심호흡을 한 뒤 치가 떨릴 정도로 차가운 물을 퍼서 머리 위에 뒤집어썼다. 온몸을 감싸고 흘러내리는 찬물이 정신을 번쩍 들게 했다.

　　하늘에 은하수가 흐르는 여름밤이 그렇게 깊어만 갔다.

우주는 균형을 맞춘다

우주의 법칙은 균형이다. 지구온난화가 있으면 빙하기가 있고, 해가 지면 달이 뜨는 이치다.

악이 있으면 선이 있다. 그런데 악인과 맞서는 건 어렵고 두려운 일이다. 악인과 싸우려면 나 역시 악해져야 한다. 때문에 쉽지 않은 일이다. 그래서 악을, 불의를 눈감아버리곤 한다.

하지만 세상 모든 사람이 불의와 대면하길 거부한다면 악은 독버섯처럼 계속 자라날 것이다. 권선징악이라는 말도 사라질 것이다. 그건 세상의 균형에도 맞지 않는다. 악은 처벌받아야 하며 선은 칭찬받아야 한다. 현실에서 범죄 가담자가 자신의 조직을 배신하고 자수하여 수사에 협조하면 형을 감하고 보호해준다. 그도 악인이란 점은 변하지 않지만, 더 큰 악을 응징하기 위해 필요한 일이다.

우리 사회에서도 악한 일이 많이 벌어진다. 보호받아야 마땅한 학생들이 학교에서 괴롭힘이나 폭력으로 고통받는 일도 계속되고 있다. 물론 힘없는 그들이 악에 맞서 싸우는 것은 현실적으로 힘든 일일 것이다. 하지만 그들의 마음속에서 악은 언젠가 응징당하며 선은 반드시 이긴다는 희망의 불씨를 꺼뜨려선 안 된다. 피해자가 전학하거나, 사회와의 단절을 선택하거나, 스스로의 생을 저버리는 일은 절대로 없어야 한다. 그들이 용기 내 악에 저항했으면 하는 마음에서 이 작품은 탄생했다.

작가로서 새로운 스타일의 글을 쓰느라 고민에 고민을 거듭했다. 다른 것은 바라지 않는다. 그저 이 땅에서 힘든 청소년기를 거쳐가는 이들이 용기와 희망을 가졌으면 좋겠다.

성경에도 이런 구절이 있다.

"너에게 악을 끼치지 않았으면 어떤 사람하고도 공연히 다투지 마라."

이 말은 이유 없이 다른 사람과 싸우지 말라는 뜻인 동시에 악을 끼친 자에게는 저항하라는 의미다. 정의 구현의 원칙은 균형을 맞추는 것이다.

2024년 여름, 연남동 노모 곁에서

고정욱

버그소년 우안태

ⓒ 고정욱, 2024

초판 1쇄 인쇄일 2024년 7월 1일
초판 1쇄 발행일 2024년 7월 10일

지은이   고정욱
펴낸이   강병철
편집   박진혜 정사라
디자인   강우정
마케팅   최금순 이언영 연병선 윤선애 최문실
제작   홍동근

펴낸곳   이지북
출판등록   1997년 11월 15일 제105-09-06199호
주소   (04047) 서울시 마포구 양화로6길 49
전화   편집부 (02)324-2347, 경영지원부 (02)325-6047
팩스   편집부 (02)324-2348, 경영지원부 (02)2648-1311
이메일   ezbook@jamobook.com

ISBN 979-11-93914-21-2 (03810)

"콘텐츠로 만나는 새로운 세상, 콘텐츠를 만나는 새로운 방법, 책에 대한 새로운 생각"
이지북 출판사는 세상 모든 것에 대한 여러분의 소중한 콘텐츠를 기다립니다.